臺南作家作品集 第14輯

再來一杯米酒

鄭清和 著

市長序

綿延如溪，潤物無聲

臺南，一座歷經漫長歲月的城市，自歷史的洪流中沉澱出豐厚的人文氣息。從先民篳路藍縷、拓墾立業，到今日巷弄街市間依然可見的傳統風華，這裡的一磚一瓦、一草一木，皆蘊藏著故事，也孕育著靈感。臺南的文學，正是在這樣的土地上生根、抽芽、茁壯，代代相傳，生生不息。

今年「臺南作家作品集」第十四輯隆重出版，每一部作品都是作家心血的結晶，也像是城市脈動的縮影，凝聚了地方記憶與當代情感。自二〇一一年首度發行以來，「作品集」持續擴展與深化臺南的文學風景，也見證了書寫者與讀者之間溫暖的交流。

臺南文學的可貴之處在於兼容古今，包納多元。不論是書寫歷史歲月的悠遠回聲，還是描摹當下人們生活的細膩觸感，這些文字如同溪流，涓涓細潤，悄悄滋養著城市的靈魂。臺語與華語交織，散文、小說、劇本、評論並陳，正是這種豐富而自在的創作活力，使臺南文學在臺灣文學版圖上綻放獨特的光采。

長年以來，臺南市民之珍愛土地、歷史與文化素享盛名，作家亦以筆為橋，連結古今，將府城的光影、街巷的聲音、市井的喜怒哀樂，化作動人的篇章。他們的作品不僅記錄時代，也撫慰人心，讓人在文字間感受土地的溫度與城市的呼吸。

我始終相信，一座城市之所以動人，不僅在於它的建築與風景，更在於它蘊藏的故事，以及代代書寫這些故事的人。今日，「臺南作家作品集」第十四輯問世，正是這份城市記憶與精神的延續與祝福，我們藉此向過去致敬，也替未來播下希望的種子。

願「臺南作家作品集」第十四輯的六部作品如春雨潤物，於無聲之中滋養更多心靈；也願臺南文學如溪河，繼續綿延長流，在這一片文化的沃土上世代傳揚。

臺南市 市長 黃偉哲

局長序

文學，讓城市發聲——在臺南的光與影中書寫時代

如果說一座城市的靈魂可以被看見，那一定是在她的文字裡。文學，總能在日常中挖掘出不尋常的閃光，在時間縫隙裡留下誠實的聲音。

對臺南來說，文學不是裝飾，而是與我們生活緊緊交織的氣息，是從廟埕到市場、從巷弄到書桌，一路延伸出來的生命紋理。

「臺南作家作品集」第十四輯，是對這份紋理新鮮且精彩的一次描繪。這一輯收錄六位作家的作品，不同的書寫語言，不同的創作形式，但都帶著同樣的熱度與真誠。他們筆下的臺南，或溫柔、或犀利、或懷舊、或實驗，無論題材或語感，都讓人讀來驚喜不斷。

我們看到龔顯宗教授回望知識旅程的沉穩與通透，看到蔡錦德以細膩幽默寫下臺南人情的光與影，也看到陳正雄、鄭清和、周志仁三位作家，讓臺語文學在小說中活蹦亂跳、不拘一格。陸昕慈則用劇場語言與歷史對話，創造出具當代意識的舞臺文本。這些作品證明，臺南的文學場域從來不是一條單線，而是如同城市本身，有著無數交錯豐富的可能。

這樣的多樣性，是臺南文學最迷人的地方。它既扎根於本土，也敢於張望世界；既珍惜語言的脈絡，也不害怕形式的突破。在這些作品中，我們聽見臺語的節奏、看見歷史的縫隙，也遇見過去不曾想像的臺南——不只是古老的，也可以是摩登、甚至前衛的。

文化局推動「臺南作家作品集」，不是為了將文學「典藏」，而是希望讓它成為流動的能量，走進書店、進入學校、走進社區，在各種日常中被閱讀、被討論、被喜歡。我們更期待，它能激起更多創作者投入文字的創造，讓寫作成為臺南文化生命的日常運動。

讓文學繼續發聲，讓臺南被更多人看見、讀懂。這是一座城市送給自己的情書，也是一場永不止息的文化行動。

臺南市政府文化局 局長 黃雅玲

主編序

文學長河

王建國・臺南大學國語文學系教授

臺南，向來是臺灣文學與文化的首善之地：人文薈萃，作家輩出；老幹新枝，生生不息；古往今來早已匯聚成一道文學長河。夏日午後，豔陽高照，文化局召開臺南作家作品集編輯會議，巧合的是，七月十六日，也是一個很有歷史性及紀念性的日子：一九二〇年的這一天，《臺灣青年》雜誌在東京正式發行，後來即便迭經不同經營形態及更名：《臺灣》、《臺灣民報》（半月刊、旬刊、週刊）、《臺灣新民報》（週刊、日刊）……，都是當時臺灣文學與文化的重要園地，而本年度「臺南作家作品集」，繼往開來，也將成為臺南文學長河中，一道波光瀲灩的美麗風景。

本屆「臺南作家作品集」推薦與徵選作品共計九冊，一致獲得評審委員肯定與青睞，只是，受限於結集冊數，不免有所割捨，最後在評審委員一一表達意見及充分交流後，極具共識地——異口同音！——選出推薦作品：《拾遺集》與徵集作品：《每個晨讀都是簡樸的邀請》、《毋-捌--ê》、《再來一杯米酒》、《司馬遷凝目注視》、《拾萃》共六冊；深具文類（含括：散文、小說、劇本、評論）及語體（中文與臺語）的代表性與多元性。

龔顯宗先生《拾遺集》：龔教授集作家與學者於一身，出入古今，著作極為豐厚而多元，同時也是臺南文學與文化重要推手，曾獲第十三屆府城文學特殊貢獻獎。〈自序〉稱述學思歷程及說明各文來源，同時有得意門生許惠玟研究員對其學術之詳實評介，內容主要分成三卷及附錄，收錄早年罕見的文藝創作與學術研究彙編（沈光文的相關研究、梳理《池上草堂筆記》、〈西灣語萃〉選錄經典人生話語集錦並附上個人解析……）、出國講學、首屆世界漢學會議紀實等珍貴成果，見證其從文藝青年一路走來，成為桃李滿天下、卓然有成的學者專家；而不論其角色身分如何轉變，始終鍾情於文字、文學與學術。

蔡錦德先生《每個晨讀都是簡樸的邀請》：當中篇章多為副刊發表之作，質量均佳。內容分「寶島家園」、「心儀人物」與「海外旅情」三輯，係對個人生活周遭人、事、物（包括：文學經典的反芻、旅遊名勝的感懷、人類文明的思索……）的諸多體驗、觀照與省思，閱讀廣泛，且閱歷豐厚，整體而言，文筆流暢、雋永可讀，加以內容幽默詼諧、溫馨真摯，可謂現代小品文。

陳正雄先生《毋-捌--ê》：共收錄十篇臺語小說，包含三篇文學獎得獎作品。內容多取材個人成長經驗及鄉里故事，具個人傳記暨家族敘寫之意義，同時呈現一定地方色彩，語言流暢，故事動人。

鄭清和先生《再來一杯米酒》：題材內容質樸，或「寫市井小民生活的悲苦與無奈」，或「寫女性，為苦命的女性發聲」，多呈現臺灣早年生活經驗，作者擅長敘寫鄉里小人物的情感及生活點滴，其中，〈無垠的黑〉以華語為主調，間亦融入生活化臺語語彙，情節緊湊，可讀性高。

周志仁先生《司馬遷凝目注視》：內容分甲編：「眾生的年輪」與乙編：「回歸質樸的所在——鄉土篇」，為歷來獲獎暨刊登作品之結集。小說技巧純熟，行文敘寫及創作內容，多帶有《莊子》、《金瓶梅》、唐傳奇……等古典文學色彩，且能從中翻出新意。〈司馬遷凝目注視〉猶如一闋臺灣史詩，與臺南也有深厚地緣關係，就題旨而言，作者或有意以史家之眼、之筆，鳥瞰與書寫臺灣歷史發展。

陸昕慈女史《拾萃》：主要收錄曾獲文化局及國藝會委託或補助之六部轉譯／改編臺南歷史文化劇本（含三部布袋戲劇本），並於二〇一五至二〇二三年間實際演出，題材內容多元，裨益地方文化發展，尤其，此間搭配作品影音連結（QR Code），更有助於案頭戲與舞臺演出之相得益彰。

去年，「臺南四〇〇」在大街小巷熱鬧展開，當時結集成冊，正好躬逢其盛趕上這波文化熱潮，而今年付梓面世則又恰逢「府城城垣三〇〇年」；其實，不論四百年抑或三百年——不能不說，也不得不說，臺南文化確實底蘊豐厚——這次出版各冊作品裡面也富含其元素，有興趣的讀者，不妨隨著作品裡的文字細細尋覓，相信定當有所收穫，而亞里士多德（Aristotle，三八四 B.C. 至三二二 B.C.）稱「詩（文學）比歷史更真實」，說不定也能從中發現更具本質與意義的內涵，同時享受閱讀與思考帶來的諸多樂趣。

推薦序

爲《再來一杯米酒》喝采

黃瑞田（作家）

讀完鄭清和鄉土文學大著《再來一杯米酒》，讓我想起一九七七年前後的臺灣的鄉土文學論戰，已經過了將近五十年。或許，這場論戰對現今未滿六十歲的文人無感，只能從臺灣文學史去探討；對於較資深的文學界人士，也已經淡忘；當年參與論戰的作家，諸如王拓、朱西寧、余光中、葉石濤、陳映真、尉天驄、彭歌、朱炎、王文興、高信疆、胡秋原、唐文標，都已作古。除非研究臺灣文學史，否則少有入會去回顧。

為何會發生這場論戰？我認為是政治因素及意識形態引起。

一九四五年二戰結束，臺灣教育由日文轉換為中文，這一時期已接受完整日本教育的臺籍知名作家有吳濁流、賴和、張文環、鍾肇政、葉石濤、李喬、廖清秀、鄭清文、陳秀喜……，他們被稱為「跨越語言的一代」；其次接受完整中文教育的有七等生、黃春明、王禎和……等人；這些作家他們以自身成長背景為題材撰寫的小說，在五〇年代逐漸進軍各大報章雜誌嶄露頭角。

一九四九年中共獨立建國之後，臺灣警備總部禁止「淪陷地區」沒有撤退來臺的三十年代作家作品在臺灣流通，諸如巴金、魯迅、老舍、矛盾、錢鍾書、周作人……，這些名家作品在臺灣一夕消失，大陸來臺的作家因而掌控了臺灣報紙副刊，文藝雜誌的版面，四〇年代的文壇，幾乎全是他們發表反共八股、戰鬥文藝、懷鄉及鄉愁作品的舞臺；到了一九五〇年之後，出版商有鑑於嬰兒潮世代缺乏中文名家作品可供閱讀，就大量翻譯出版西方古典文學名著及當代思潮的存在主義文學作品，使得已經接受了十五年中文教育的臺灣新生代作家，具備前衛的思潮及本土的意識，葉石濤、黃春明、楊青矗、王禎和，經常在作品中使用臺語詞彙，別具風格，大受讀者歡迎，其他新生代作者也群起效法。

在西方文化的衝擊下，臺灣民主意識逐漸覺醒，臺日斷交之後，臺灣主權意識高漲，驚醒了一九四九年隨軍來臺灣的國民黨軍中作家，以及負有中文教育任務的學者們，他們在臺灣文壇的領導地位開始動搖。

一九六〇年之前，當時臺灣農村大部分是土墒牆壁茅草屋頂的草茨，而一九四九年來臺的軍中作家及文人們，卻由政府建造磚瓦房的眷區或是公家宿舍給他們居住，生活品質高了一大截，造成他們的優越感，若非不得已，不會踏進落後的農人、漁民、工人的生活場域，他們無法體會在農田或海上揮汗的生活，當然寫不出感動人心的鄉土小說。

一九六五年，葉石濤於《文星》雜誌發表〈臺灣的鄉土文學〉指出「鄉土」與「臺灣」的關連性，引起政府與來臺作家的注意。一九七七年五月，葉石濤又於《夏潮》雜誌發表〈臺灣鄉土文學史導論〉，李拙（王拓）、陳映真、尉天聰、楊青矗、何欣、銀正雄、朱西寧、余光中、彭歌……等人，紛紛加入「鄉土文學」觀念的討論。

朱西寧在〈回歸何處？如何回歸？〉一文中，認為鄉土文學過分強調臺灣意識，有主張臺灣獨立嫌疑；余光中在〈狼來了〉一文中，認為臺灣的鄉土文學與中共的「工農兵文學」相似，有階級鬥爭的嫌疑；彭歌在〈不談人性，何有文學？〉一文抨擊陳映真、王拓、尉天聰三人對鄉土文學的正面論述是「不辨善惡，只講階級」，與共產黨階級鬥爭理論掛鉤，這個大帽子，是王拓日後被捕坐牢的主因。

一九七八年一月，在「國軍文藝大會」上，出席的王昇上將強調，「要團結鄉土，鄉土之愛擴大了就是國家之愛、民族之愛」，鄉土文學論戰因此緩和下來。同年，聯合報及中國時報分別舉辦文學獎，以第一屆時報文學獎為例，小說推薦獎宋澤萊的《打牛湳村》、小說甄選首獎詹明儒的《進香》、小說優等獎洪醒夫的《吾土》、報導文學推薦獎古蒙仁的《黑色部落》、報導文學優等獎陳銘磻的〈最後一把番刀〉，都是鄉土文學作品。

在鄉土文學論戰前後，一九七六至一九八二年間，鄭清和寫了三十多篇鄉土文學小說發表在他服務的《統一企業月刊》，及非主流報紙副刊，部分作品還榮獲《中國文選》轉載。不過，由於這兩家刊物發行量不多，文章能見度有限，以致文壇很少人知道他在鄉土文學沃土耕耘的豐碩收穫。

邇來鄭清和將四十多年前發表的鄉土小說，篩選出二十篇結集出版，書名為《再來一杯米酒》，讓臺灣鄉土文學再添一本小說佳作。

《再來一杯米酒》的主題分為下列兩個單元：單元一「雨夜花」，寫市井小民生活的悲苦與無奈；單元二「星星的眼淚」，為苦命的女性發聲。

單元一有十五篇小說，單元二有五篇；二十篇的題材都是四〇、五〇年代農村的弱勢族群的生活，有虛構，也有真人真事。鄭清和成長於佃農之家，母語是臺語，他的小說作品語調自然而然的散發著典雅與粗俗的氣息。

例如〈無垠的黑〉的結尾：

幹伊娘，這款叫做朋友！他只有打自己的腦袋了……幹！政府飼一些沒路用的東西。幹！生雞卵的無，放雞屎的有。他咀咒著，踩向水田的腳不禁加重了．飛濺起一些泥巴。

又如〈旺嬸的下午〉，旺叔和小三要出走，旺嬸拉著他肩上的包袱，跪著哀求他不要走。旺叔罵旺嬸：

——幹你娘，又不是人死了，哭什麼？你祖公埋在孝男山？

——幹！痟查某！不跟你囉嗦！

鄭清和把典雅的臺語俚語、諺語，很自然的應用在粗俗的對白之間，更增語言的情趣。例如：「做官騙厝內，做生理騙熟似」、「食蟲食血」、「食飯無跔（蹲），較慘作穡（種田）無牛」、「枵雞無惜槌，枵人無惜面皮」，這些典雅的臺灣俗語，讓文句更鮮活；不過，不懂臺語的人，就無法領略臺語鄉土文學的美好。

一九八七年七月十五日之前，是臺灣戒嚴時期，出版品審查十分嚴格，帶有「幹」字的罵人口頭禪或「三字經」，不允許出現在文藝作品中，鄭清和卻不避諱，小說作品也沒有被禁止，大概是「統一企業」月刊屬於公司對內刊物，發行對象是員工及有生意往來的公司行號，警備總部和行政院新聞局管不到，才讓鄭清和盡情發揮，寫下臺灣人的真性情。

鄭清和的小說題材多樣，寫歌仔戲的沒落與團主仙助力求振作的〈仙助和彩雲歌仔戲團〉；

寫漁民在海上賭命，家人在岸邊盼望的不安的〈霧夜的燈塔〉；寫農村嫁娶前後繁瑣儀式的〈大哥的婚事〉；寫兩代隔閡「不孝媳婦三頓燒，有孝查某子千里遙」的〈再來一杯米酒〉；寫刻墓碑行業式微的〈雨夜花〉；寫海家班特技團搏命演出期望能〈掌聲重現〉；寫農民遵循春牛圖預知天氣、以利耕作的《這一季》；寫二戰臺灣人被日本人奴役的〈獎狀〉；以及為女性發聲的〈蠍〉、〈星星的眼淚〉、〈人比黃花瘦〉、〈今晚有月亮〉、〈浴海重逢〉，這些題材不是住在眷區或公家宿舍的軍人或軍眷可以親身體驗的，以致不接接觸、不了解臺灣農漁工的生活的朱西寧、余光中、彭歌這些反共八股人士，誤認為以農漁工為題材的臺灣鄉土文學是在階級鬥爭、主張臺獨，正是欲加之罪，何患無辭。

鄭清和的鄉土小說不僅題材多樣，他的寫作技巧也很純熟。以〈旺嬸的中午〉和〈仙助與彩雲歌仔戲團〉為例，這兩篇小說都利用頂針手法來過渡時空。頂針，原意是裁縫防止扎針的指套，用在修辭是指用前一句的結尾，做為下一句的開頭，使前後句連貫的修辭法。不過，鄭清和的頂針，是做為前句與後句時間或空間的轉換過渡，不僅是時空過渡了，人物也轉換了，有如電影畫面淡出而後淡入的手法。例如〈旺嬸的中午〉第一節和第二節的頂針過渡：

「旺叔都沒回來？」榮仔追上幾步。

「他死了！」她沒回頭，走過馬路。

「死了！」

……2……

「死了！」

「是的！我阿母在兩年前過世的。」

「你娘身子一向不好！」旺嬸嘆道：「我最近身子也差多了。」

「說哪裡話？旺嬸還健朗呢！」榮仔的太太說。

對話角色，不知不覺的由榮仔過渡到榮仔的太太。

鄭清和不用頂針，也能善用過渡寫作技巧；例如過渡詞「不過」、「反而」；時間過渡短語「過了不久」、「從此以後」；空間過渡短語「走出門外」、「向右轉彎」；過渡句例如〈雨夜花〉的「醒來之後，哥哥不在，登山袋也不見了，他知道，哥哥已經走了。」過渡段如〈再來一杯米酒〉的「度日如年，日子難熬，卻也過了半年，突然有個老友來找他，說桂枝走了，嫁人了。」

善用寫作的過渡技巧，能使文學作品敘述更加流暢，時間、空間、人物、場景、情節的變化也會更清楚明白。鄭清和在過渡技巧的運用，十分得心應手。

鄭清和囑我寫「序」，我的任務只是點題作品的部分優點；至於專業文學批評，留待學有專精的學者來擔綱。

最後，祝賀鄭清和兄能在鄉土文學論戰將滿五十年之際，推出《再來一杯米酒》補強鄉土文學的堡壘，這是文壇大事，值得大聲喝采。

——二〇二四年八月二十五日於高雄

——二〇二四年十二月廿五、廿六日刊於《更生日報》更生副刊

推薦序

把憐憫的花種在悲苦的土地上
——序鄭清和的《再來一杯米酒》

吳東興（作家、記者）

甫歐遊歸來，尚在調整時差中，就接獲清和邀我為他即將出版的短篇小說集《再來一杯米酒》作序的訊息，原本要以身體狀況不佳為由推辭，但又想到好友出書，當為他鼓掌欣喜，何況我跟清和又是五十年的交情，儘管目前自己的寫作情況尚處於「混沌」「觸礁」之際，加上身體真的狀況不斷，但還是應允為序。

寫序不難，但要寫出「好序」並不簡單，而一篇「好序」是能為該本書加分的。因此，我認為寫序是一種「戰戰兢兢」的事，不能僅憑「印象」創作，而是要將作者書中的各個篇章熟讀，再找出各篇中的「主題」，根據該主題去深入「剖析」，讓作者的「真心真意」呈現在讀者面前。

既然答應清和要幫他寫序，首先要「精讀」他整本書的每一篇章，由於眼力越來越差，加上俗務纏身，採訪工作繁忙，每天只能抽出一點時間來讀，總是一篇要讀上二、三天，要命的是，可能老年記憶力衰退，讀完的篇章又忘記某些情節，只好重頭再來，為防又忘記，乾脆把「心得」

寫下來。

認識清和是在大一時，當時同在臺中的《民聲日報》副刊（簡稱民副）寫稿，後來見面，才知道他就住在我租屋處的後方，也是讀中興大學，他是食品化學工程系，來自臺南龍崎鄉。雖然二人讀的都不是與文學相關科系，但是二人對於文學的熱愛，卻開啟了二人永恆的友誼。歲月真是不待人，當年「二十啷噹歲」的年輕小夥子，如今皆已髮上白霜，而視茫茫，而齒牙動搖矣。然而，二人雖都屆含飴弄孫之年，依然不忘在文學這塊園地耕耘。

清和好學不倦，博覽群書，為人低調誠懇，對朋友更是重情重義，除了寫小說外，也寫童詩、散文，更出版了許多本與食品科學相關的書籍，受到各方矚目，不過，他卻對鄉土文學獨有情鍾，我想這可能與他出身鄉間有關，他是個不忘本的人，而這些鄉土作品自然也影響到他日後創作的方向和內容，如果要說他的作品之根，應該就是植於愛這塊土地的真善美。

我和他可說是「半路出家」，他是讀食品化學工程系，我則是讀企管系，也不知為什麼，二人對於文學的熱愛總是那麼高昂。讀興大時，他一面讀與文學幾乎無關的食品化學，一面埋首於鄉土文學，且大量創作，終於在一九七五年至一九七八年，分別出版了一把相思的種子、聘金一百萬、初戀日記、鄉土組曲、赤足走在獅山上等書，可說創作力相當旺盛，而且內容紮實，文筆流暢，可讀性甚高。

清和有一顆愛鄉土的赤心，也有一顆悲天憫人的心，在他的作品中就植入這些因素，他關心鄉土，關心社會變化，也關心與他週遭有關的人事變遷，這些「關心」就變成他寫作的「養分」。

清和的新書《再來一杯米酒》，共分二大單元，單元一「雨夜花」，共有十五篇，單元二「星星的眼淚」共有五篇。單元一是寫市井小民生活的悲苦與無奈。單元二寫的是女性，為苦命的女性發聲。

〈旺嬸的中午〉是寫一個悽慘的賣香的阿婆的悽慘故事，她原本可以跟城裡的兒媳孫一起住，然而卻因為二千塊錢的會錢，她不願意麻煩兒媳，只好回到鄉下，再度挽起香籃賣香，她告訴自己「還是賣香最好」、「雖然賺得少，卻最自由」、「賣香是苦點，卻不會覺得無聊，在村仔那裡，我真的不知該做什麼，活得很空洞！」，然後自我安慰的說「菩薩會保佑貧苦的人的！」。

只是，這個早年被丈夫拋棄把所有希望寄託在兒子身上的「勞碌」女人，最後卻戰不贏一場車禍。

〈仙助與彩雲歌仔戲團〉描繪一個「過時」的歌仔戲團班主的內心掙扎與欲振乏力的無奈。

一個自小在歌仔戲班長大的男人，也曾有過風光的時候，「還沒有電視的時候，農村裡總是五天一大戲，三天一小戲，往往一演就是半個月。」然而，時代變了，他感嘆道「除酬謝神，再也沒人僱歌仔戲團演出了。」

要不要收攤呢？要不要改演時裝劇？要不要唱唱流行歌？起初，他還是堅持「我們要有敬業的精神，就是餓死，也要讓他餓死，神明冒犯不得！」、「我絕不演歪戲！」但是，「仙助看了一下戲棚子，不出他所料，半張賞金的紅條子都沒，以前可貼得滿滿都是。」。

終於，他下定決心，「年底解散」，在二胡淒淒切切聲中，他掛著兩行蒼老的眼淚。

〈再來一杯米酒〉是說一個愛喝米酒又老而不認老的男人的內心掙扎，及其與其兒媳間的「齟齬」。清和對這類主題似乎寫來得心應手，可能他看過或聽過類似「案件」很多，才有感而發吧？

「我就是跛腳破相，沒辦法行動，我也要爬著去做乞丐討生活，我也不會再去依靠文生，細漢時是父母生，娶某後就變成某生的了。」這就是清和給世人的一記當頭棒喝吧！

〈蠍〉寫一位狩候奔放愛情的女人的悲劇，說是悲劇，其實也不真正是悲劇，頂多是一種「得不到真愛」的「一時失落感」罷了。

但是，對於一直被丈夫當成「骨董」把玩的女人而言，一旦認為「抓到真愛」，那麼，她真會連身帶命一頭栽進去的。就像清和所寫的「她要以他那身男人的烈火，來點燃她已瀕臨熄滅的青春之火，她忘了什麼叫嬌羞，她忘了什麼叫矜持，她只想永遠永遠擁有他。」」。

然而，事情並不如她所想那麼「圓滿」。清和用盡全力來描寫這個「渴愛」等候「那男人」到來的心理狀態，「在認識你以前，我是隻狩候在牆角的蠍子。」、「我將和牆角告別了。」卻是到最後「我永遠永遠是見不得光明的牆角之蠍，只配躲在黑暗的牆角苟延殘喘。」。

〈浴海重逢〉可算是一個時代的悲劇，從大陸逃難到臺灣的老兵，因為思念失散的妻兒，在報紙上刊登廣告尋找，卻一直沒找到，沒想到，卻在一次「尋歡」的過程中，發現一名從事性交易的女子肚臍上有一顆黑痣，他懷疑該女子就是他失散多年的女兒。於是他再度「光臨」，終於父女相見。

縱觀清和的文筆，依然沿襲他「深情」的風格，以尖銳的筆觸，細膩的爬梳，加上其敦厚懇切的呼喚，描繪出他對小人物的「憐憫」與「不捨」，以致於最深沉的「關懷」，這也是他成功的地方。

寫作這條路崎嶇坎坷並不好走，但我們終究發現還是要走下去，我們並不是不想自己的作品能「傳誦千古」，但那須不斷不斷地寫，不斷不斷地錘鍊，像黃金被火精煉，始能成為「精品」，以我們目前猶奔忙於世俗之間，真是不知要等到何年何月何日。但，我們都不放棄書寫，因為書寫才能喚起我們「真純的靈魂」和對人世間「最深的關懷」。

推薦序

仰天無言的吶喊——《再來一杯米酒》讀後

馬水金（作家、出版家）

鄭清和在臺南龍崎生長，那是一個非常偏遠之地，因此在成長過程中，他是一個很道地的莊腳囝仔。出生在戰後嬰兒潮的孩子，經歷過臺灣苦難的上一代和力爭上游的新一代，他在這樣的環境中成長，內心記錄了時代小人物的生活故事。那是臺灣戰後「討食人」真實生活的縮影，無論發生在莊腳、海邊或城內。

《再來一杯米酒》是鄭清和第一部短篇小說，是他第二部由地方政府文化局出版的作品，對一個熱愛寫作者言，這是一個重要的里程碑，他把發生在臺灣五十至七十年代的鄉土人事物，用不同人物，不同場景，生動寫實的刻畫出時代的版印。

這麼重要的作品，他應該找黃春明、楊青矗等前輩作序，卻非找吳東興和我不可！我想，理由是我們有五十年的文字之緣，他也是我在臺灣民聲日報的前任副刊助理編輯。可是，他用一九七四年曾經幫我寫過一篇短篇小說「宗仔頭的黃昏」讀後感「無言的吶喊」，以此作為「人情債」，非要我寫個序償還不可。事隔快半世紀，我都快忘了。債總是要還的，拼老命也得還。

寫序不敢當，就當作讀後記吧！

鄭清和把這部短篇小說分為兩個單元，分別是：一、寫市井小民生活的悲苦無奈。二、寫苦命的女性，為她們發聲。讓我特別震撼的，是作者在第一單元，對市井小民深刻描寫的表現。這部分是作者在生長環境所接觸過的鄉野生活故事，深入觀察，用他最擅長的悲天閔人、樸實無華的筆觸呈現，拜讀有如觀賞一幕幕精彩的鄉土影音。

〈旺嬸的中午〉描寫提籃賣金香的旺嬸，如何在老公外面有女人，拋妻棄子離家之後，在廟口來回機動賣金香辛苦生活，用微薄的收入，撫育獨子村仔長大成人，進城娶妻營生，接受了兒子請求進城一起生活，卻對陌生環境充滿不確定感，從媳婦生子到為了繳納會錢，醒悟到自己伸手拿錢的痛苦，還是回鄉下賣金香好，雖然「賺得少，卻最自由」，心裡還總念著「菩薩會保佑貧苦的人」。有一天在挽著香籃過馬路時，被卡車撞死了，沾著血跡的紙錢隨風揚起，似招魂的旗旛，訴說著老人、兒子和媳婦之間的矛盾。

〈歌仔戲團〉描寫傳統的歌仔戲不敵現代化的變遷，戲棚下不再有群集的觀眾。班主仙助堅持正統，不演歪戲，把祖產耕地賣到僅剩一塊地，都用來勉強維持戲班生存命脈。

受到現實世界的殘酷，仙助開始失眠，想著父親二戰期間在南洋戰死，他隨著母親在演苦旦的戲班裡成長，並開始演童角，最後得到班主賞識而把女兒許配給他，成了接班人。

如今戲臺邊上懸掛著發黑的錦旗，彷如一段艱辛的歷程和傳承的使命，仙助始終相信榮景會重返，觀眾會回頭，但一場場的演出，臺下依然沒有觀眾，當年的風華是回不來了。

隨著「十二道金牌」斬了仙助飾演的岳飛之後，戲團不得不走進殘酷的歷史，仙助當然是回去耕作他祖傳的最後一塊地，做個日出日落作息的農夫。

這篇小說寫到團員沒有領到更好的薪水，發薪日第二天就不來了；也寫到戲班演苦旦的王牌秀春，委婉的用想嫁人的理由換個環境。仙助心裡明白，無法給更好的待遇，這些年著實委屈了秀春，沒有聽過她有過半句怨言，大家都在掙錢過活，就讓她離開吧。

寫到大環境的改變，仙助堅守傳統，不願意棄守原則趕時尚，轉型走養眼的演出，他認為那樣是褻瀆神明，對神明不敬，沒有人了解他身上背負著一面面錦旗的使命感。

〈大樹伯〉寫作背景應該就是南鯤鯓代天府一帶的素人畫家洪通。一九八一年，和幾位朋友路過南鯤鯓代天府，朋友想去看洪通。我們在一處雜草叢生的野地看見洪通棲身的簡陋房子，兩塊門板當大門掩蓋，外面七、八個某大學心理系的學生，前來探望、採錄洪通的內心世界作心理研究分析。他們已來多時，卻不得其門而入。

我因為在一九七七年在出版社任職，結識辦過洪通作品個展的普天出版社社長常效普先生，時常聊起洪通，讓我對這位有靈異畫家之稱的大師有基本認知。

我一個人走向洪通的簡陋房門，向昏暗的房內探視，看見洪通坐在床沿低着頭抽菸。我輕聲用閩南語叫道：「朱豆伯！」裡面問：「你是誰？」我就說：「是我，我有話跟您講。」「講啥？」「講外面那些人。」他緩緩起身移開門板叫我進去，又把門板掩遮了起來。我和他一起抽菸，告訴他外面那些人是來騙您的，不要理他們。他說他知道，所以不開門。他話不多，卻字字句句道出些許關於現實和人性的世界。看見他一雙呈烏黑色的腳，不忍多問。抽完香菸，我把剩半包的長壽香菸留下起身離去。走了幾步，他突然從門縫遞出一張他的畫作送我，我喜出望外向前接過離開。學生問我和洪通聊些什麼？我只好自圓其說：「他說外面有很多騙子！」

〈大樹伯〉看似輕描淡寫，卻把莊腳小人物都的故事描寫得活靈活現、生動逼人，尤其那把跳童的鯊魚劍！

〈再來一杯米酒〉寫做粗工的大柱仔在醉月樓和桂枝溫存那晚，妻子春鳳獨自面對死亡，走了！從此即便想嫁人從良的醉月樓的桂枝想託付終身，大柱仔因為罪惡感而婉拒到底，過著獨身仔的生活，不過常和賣檳榔的寡婦多說了兩句話就被人講閒話，最後把田產賣了，搬去城裡和孝順的兒子、媳婦同住。

平日喜歡三杯下肚的大柱，不過每天要一瓶米酒，就遭到出身豪門、生了孫子後的媳婦不悅的對待，當他聽到媳婦對兒子說「不要小看幾十塊錢，這幢樓仔會被喝掉的」，他怨嘆「有孝媳婦三頓燒，有孝查某子千里遙」。從此自己去買酒，並且在自己房間裡喝，他不相信自己付不起酒錢，他向晚一輩的彰仔揚言：「我大柱仔是有志氣的人，有錢我就啉，沒錢，我就讓他哈，不會死的啦！」充滿對兒子毫無志氣的無奈，多少也有悔恨賣了家產搬去和兒子、媳婦一起住，被媳婦冷漠對待，兒子不敢吭聲的淒切，這不也是報端常見的現代社會怪象嗎？

整本書的每篇小說都有鄭清和獨有的描述方式，尤其他那充滿親切感的「鄭氏對話」，在現今提倡「臺文」如日中天之際，他留存了當時最有鄉土味的鄉土語言。

——二〇二四年八月二十八日於豐原

自序
米酒，杯杯苦楚，杯杯辛酸

讀的不是中文系，為何會半路出家寫起文章來，過了從心所欲不踰矩之年的此刻，再回頭去想，應是那個沒有電子媒體的時代使然。課餘，除了運動，就是窩在擠八個人的宿舍，斜躺在床上讀散文、小說。

誰知，讀著讀著竟然手癢，大二下學期開始寫散文，對外投稿臺中的地方報。接著又逢黃春明老師的《鑼》、《莎喲娜啦．再見》出版，蘊藏其中的「鄉土味」，瞬間如蜈蚣的吸盤，深深吸引住了我——那不就是我所熟悉的這塊土地的市井小民的聲音嗎？感覺彷彿有股力量在催促我，要我把我生活周遭的故事也寫出來，於是在大三下學期開始了小說創作。

一九七五年三月發表第一篇短篇小說〈竹花〉，一直到一九八二年，我一直斷斷續續寫著，總共發表了近十四萬字，更在一九七七年到一九七八年把〈竹花〉擴寫成十萬餘字的同名長篇小說。之後，忙於教作文、大學進修部兼課，也寫食品專業教科書，已無暇再創作小說，只偶爾寫寫散文及童詩。

二〇一八年退休後，遇上疫情，什麼事都不能做，什麼地方都不能去，於是整理一九七五年至一九八二年所寫的短篇小說。一頁一頁翻著發黃的剪報，剝蝕的報屑一片一片飄落，有些鉛字抵擋不了歲月的蹂躪，已模糊難辨，內心真是百感交集。有白內障的老花眼一篇一篇辛苦讀著，最後依屬性分成三個單元，交由文學街出版社打字準備自費出版，印幾本當人生的跡痕。不經意間，搜尋到臺南市文化局「二〇二四年臺南作家作品集（第十四輯）徵選要點」的訊息，雖自忖機會不大，但想到有四篇經當年中央日報副刊主編孫如陵老師轉載至其所主編的《中國文選》月刊，能夠有此殊榮，至少應該還會有那麼一點「臭屎蔹味」才是，再加上人老了，臉皮粗厚，於是「厚顏無恥」的報名了。

徵選要點中規定總字數以八萬至十萬字為原則，於是從三個單元中，選取描寫市井小民生活的悲苦與無奈的單元——「雨夜花」，以及描寫女性辛酸，為苦命的女子族群發聲的單元——「星星的眼淚」，共九萬九千餘字參加競逐，至於描寫大學生故事的那個單元只能忍痛割愛了。

接到入選公文的剎那，我不敢相信是事實。雖然曾經有過長篇小說《竹花》，獲得縣市合併前的臺南縣立文化中心，列為南瀛作家作品集二十五，但我知道好手雲集，名額卻僅有五個，僧多粥少，想脫穎而出，除了作品的水準之外，命盤八字要夠重，因為還是要有幾分「狗屎運」。感謝臺南市政府文化局給了我這個機會。

書中那篇〈無垠的黑〉是真實故事，主角是我已往生的表哥，文中孩子的名字是我幫忙取的，這回打字在多次校稿中，每重讀一次，就熱淚盈眶一次。記得當年寫就那一刻，我泣不成聲。選擇吳濁流先生創辦的《臺灣文藝》投稿，是覺得這篇小說跟《臺灣文藝》的鄉土味、臺灣味很搭，結果鎩羽而歸，接到退稿才知主編是文壇鼎鼎大名的鍾肇政老師。

水田插秧前的整地工作，是先用牛犁，接著「踏割耙」，再來是「扶（扦）手耙」，然後是「打（拍）碌碡」，我「省事事省」，只提踏割耙，卻寫成「握穩割耙」，看稿子的鍾老師真是明察秋毫，在退回的稿件上用他龍飛鳳舞般飄逸的字跡指正了我的疏忽，說割耙是人踩在其上，不是手握，還仔細地畫了三種農具的圖。

高二尚未有升大學的壓力，在圖書館借閱鍾老師主編的《本省籍作家作品選集》，內心的衝擊很強烈，方知除了教科書的文言文之外，還有這麼扣人心弦，叫我內心澎湃不已的文章，那是我認識鍾老師的開始。我對鍾老師的景仰，跟顏回對孔子一樣，「仰之彌高，鑽之彌堅；瞻之在前，忽焉在後。」，以他在文壇與葉石濤齊名被喻為「北鍾南葉」的崇高地位，竟願意將時間留給我這個名不見經傳的小兵，指出我的不當之處，除了感動他的用心，往後更讓我知道寫作即使是細節也不能疏忽。很遺憾，當年鍾老師指正的圖跟文字，印象中特別夾在剪貼簿中保留，但此次遍尋不著。

感謝黃瑞田老師賜序，早在一九八二年就讀到他榮膺第五屆時報文學獎小說推薦獎那篇〈爐主〉，主角目花樹仔被多舛命運作弄的種種，即使在四十餘年後的今天，在我的腦際依然鮮明；但真正跟黃老師見面，卻遲至二〇二三年第十六屆阿公店溪文學獎我們一起擔任評審委員，會後相談甚歡。

黃老師在文壇頗富盛名，我難望其項背，雖然二〇二四年我們又再度擔任同評審工作，但僅兩次見面就要邀請他幫忙寫序，老實說，我是戰戰兢兢忐忑不安的，我怕被拒絕的那份尷尬與難堪，誰知他竟爽朗應允了，讓我喜出望外。當他告訴我，他右眼近乎失明，無法看清書報文字，僅能靠視力〇．五的左眼閱讀寫作時，我愣住了，感動更深了，對他拔刀相助的盛情不知如何言謝。

東興甫遊歐歸來，時差尚未調回，仍然應允為本書寫序，叫我感動。東興是記者，有枝快筆，寫新聞；有枝生花妙筆，寫詩、寫散文，更寫小說，是個全能型的作家，在每個領域都有傑出的表現，他一直是我望塵莫及的偶像。東興的思緒敏捷，腦筋靈活，下筆如有神，截至二〇二四年六月已完成十四本文學作品的出版，其中包括《臺北最後一支探戈》、《再見．女孩》這兩本小說。

東興尚未出版的文學作品不可勝數，就我所知，《大學生小傳》、《一〇一夜》、《夜間部五年記》、《尋月啟事》、《文化城的故事》等均是小說，好期望他自記者工作退下後，能騰出時間整理出版，分享給廣大的讀者群。

感激水金願意對我的小說集表示看法，我和他是年輕就認識的文友，記得他的第一篇短篇小說〈宗仔頭的黃昏〉發表於一九七六年七月，文中主角的遭遇讓我同情，隨即寫了讀後感。後來，他將〈宗仔頭的黃昏〉和我那篇讀後感──〈淒慘無言的吶喊〉，收錄在由臺南市綜合出版社發行的散文與小說合集──《策馬江湖》中。

水金很能寫，也很會寫，寫散文、寫小說，更寫宗教傳記，可謂著作等身。他因頗具生意頭腦，又有管理長才，所以逐漸淡出寫作，走向印刷廠、出版社之經營。目前已半退休狀態，準備交班給第二代，很期待他利用時間，把年輕時代所寫的分散在各文集的短篇小說集合起來付梓，實現當年他曾說要出版一本名為《長夏的聲音》的短篇小說集的諾言。

末了，內子耿卿無怨的當我的後盾，任公職，更承擔了家中大小事，還把一對兒女教育得非常好，我常在夫妻聊天時，感恩的對她說：「我這一生唯一做對的一件事，就是娶了您！」

對願意花時間來讀本書的讀者，我銘感五內。書中端出的一杯又一杯的米酒，如果沒有您來「啉落喉」，市井小民的苦楚有誰會知？弱勢女性族群的辛酸有誰能懂？

──二〇二四年八月廿八日於歸仁紅瓦茨

──二〇二五年二月十九日刊於《中華日報》中華副刊

目次

輯一　雨夜花

旺嬸的中午

1

六月天。

太陽正潑辣，曬得柏油路面升起騰騰的蒸氣，走在上面，有種魚被煎的感覺。卡車壓過的地方，都留下了輪胎的痕印。

菩提寺的香客少了，菩薩總算可以好好休息一個中午，甚至打個瞌睡。拉長耳朵聆聽了一個上午的香客那又細又小的禱告祈詞後，真是夠累的了。天又那麼熱，煙又猛燻著，雖是金剛不壞之身，也要冒汗了。

沿路兩旁而蓋的香舖，遠遠看去，顯得有些慵懶。看店的有托腮打瞌睡的、有把一隻腳放在椅子上，嘴巴張得像要吞進一頭牛似的猛打哈欠的。一切看起來就是那麼睡昏昏的，任誰看了都想張口打哈欠。

一切都靜止在昏睡裡，讓太陽盡情去囂張。

突然一輛轎車急駛進入寺前廣場，一對年輕夫婦從車內鑽出來。小小的騷動，稍稍搖醒菩提寺周遭的世界。

賣香的人都張開惺忪的睡眼來看，有些甚至邊揉著眼睛、邊打哈欠，走到門口張望，還有人伸著懶腰，把哈欠聲喊得特別響，震落了寺前那幾棵菩提樹的黃葉。

就像慵懶飄落的黃葉，人們又踱著慵懶的腳步，回到椅櫈上，把一隻腳放在椅子上，抱著膝蓋，又闔上重重的眼皮睡了。小生意嘛！他們笑著對周公說。

有個佝僂蹣跚的影子，舉手擋住快速而來的卡車，慢條斯理橫越過馬路。

緊急剎車，輪胎的慘叫聲暫時吵醒菩提寺前的世界。人們看見那熟悉的駝影後，又睡了，這種情景，一天總要發生好幾次。

「幹你娘！阿婆你吃老嫌艱苦？」司機探出頭來，嘴裡仍嚼著檳榔，用披在脖子上的毛巾擦著冷汗，無可奈何地罵著：「你不要命，我可還要！」

她沒理會他，逕向那對夫婦走去，口中嘀咕著：「要命還開那麼快。」

「碰到瘋子！」司機故意把油門踩得很大，捲起一團黑煙，似乎想發洩心中的不快：「衰！真衰！」

年輕夫婦看看她，又看看消失在路角的卡車，正想轉頭走向寺門時，她已走到他們跟前：

「買香和紙錢？」

「只要二十塊！」從手中的挽籃裡拿出一疊用橡皮圈束住的香和金紙錢。

先生看看太太，太太看看先生，並沒有買的意思。

「保證你們沒法再買到比這更便宜的，我賣金從不偷工減料。靠菩薩吃飯，不能亂來的，少個一張半張，菩薩會打屁股的。」笑著，把臉笑成一張枯乾的橘子皮。

——笑！要笑！

——裝成一張孝男面，誰買你的香？

小時候，父親如是吆喝她。於是她有了就是眼眶噙著淚，依然能笑出一個春天在臉上的本領。天天硬拉著臉笑著，數十年如一日，終於笑出滿臉的皺紋。

還是沒有買的意思。她有點急了，這麼難纏的顧客倒是第一次遇到。

「你們是來燒香的？」除非是純粹來玩，或是信耶穌的，經她這一說，沒有不買的。

「當然是來燒香的！」丈夫說。

「我們專程趕來！」太太接著說，用手絹擦著汗。

「怎麼不買我的？」她說，然後指向每個店鋪：「你們看，有哪一家比我厚，哪家比我便宜！」

「我們想到廟裡買！」

「為什麼？」她說：「廟裡的跟我的完全一樣！我賣四十多年了……」

「四十多年……」先生轉過頭來，仔細打量著她，然後搔著腦袋，帶點歉然地說：「您是……」

「哇！你是榮仔！」她首先叫出他的名字：「榮仔你變得這麼英俊，怪不得我認不出你了！」

「旺嬸！」

「你太太嗎？真漂亮！」看著榮仔身旁的女人。

「是我太太，她叫素月！」然後對太太說：「她是旺嬸！」

「榮仔你真福氣，娶到這麼漂亮的太太！」

「是旺嬸不甘嫌！」素月的臉呈現嬌羞的紅暈。

「旺嬸！我們有二十多年沒見面了！」榮仔握著她乾枯的手說：「您一直都住在這裡？」

四十多年前，菩提寺小得可憐，一年到頭沒幾個香客，她和父親相依為命在臨時搭的草寮裡賣香。三十年前，榮仔的父親來這裡，榮仔十歲那年又搬走了，這一別，竟已二十年未再見面。

後來，這個地方漸漸繁榮起來，菩提寺也擴建了，闢成觀光區，賣香的人跟著多起來。由於她住得離廟遠，所以不得不用籃子裝著香，以機動的方式來賣。

「你離開這裡時，還流著兩管鼻涕，而且成天光著屁股不穿褲子，現在都娶某了！」她只顧說著，沒去注意榮仔的女人已紅著臉：「記不記得？你上學的時候，還不習慣穿褲子呢！一放學，就把褲子脫下披在肩上走回家！」

榮仔呵呵笑著。

「對了！先把香燒了，再來我家談。」她把香紙塞向榮仔手中：「我們好好談談！」

「香要錢的！」

「我們是熟人，何必計較這些呢！」轉身就走。

「旺叔都沒回來？」榮仔追上幾步。

「他死了！」她沒回頭，走過馬路。

「死了！」

2

「死了！」

「是的！我阿母在兩年前過世的。」

「你娘身子一向不好！」旺嬸嘆道：「我最近身子也差多了。」

「說哪裡話？旺嬸還健朗呢！」榮仔的太太說。

「艱苦人註定要勞碌一世人！」

「旺叔的心也真硬！」榮仔啜口茶：「他都沒回來過？」

「他還有臉回來嗎？」旺嬸咬著牙說，時間並沒沖淡她心中的恨：「要是他真的回來，我也不會認他了。」

「旺叔也真的是太絕情了！」榮仔嘆道：「就在我離開這裡那年，他和那個女人一起走的。」

「他根本不是人，要不然哪會跟他生了一個兒子還走得開？不要我，倒是沒話說，兒子也不要？」

榮仔一時竟也不知如何安慰她。其實她也不要什麼安慰了。那麼多年都熬過去了，還有什麼打擊比這更大的？只是一提到他，她就想啃他的骨，吃他的肉。

——我求你不要走，好不好？

她拉著他肩上的包袱，跪著哀求。

——幹你娘，又不是人死了，哭什麼？你祖公埋在孝男山？

——你總該可憐可憐孩子！

——孩子是你生的，不是我的！

——不是你的！你有天良沒？

——幹！痟查某！不跟你囉嗦！

一腳把她踢開，頭也不回走了。她哭得死去活來，卻哭不回他的心。一個沒有男人好依靠的家，如何撐？孩子又是那麼小，日子怎麼過？想到這些，連站都站不穩了。

——孩子還小，一個弱女人怎麼來養？

——你餓肚子倒是沒關係，孩子可不行呀！

——他都不顧念夫妻之情了，你還為他守活寡？找個人嫁了吧！

——……

鄰居關切的話語，她都心領了。每個晚上，她抱著孩子，讓眼淚來幫她渡過漫漫長夜。漸漸，她能面對生活了。她下定決心無論如何要苦撐下去，她要把孩子撫養成年，她把所有的希望寄託在孩子身上。於是她賣香賣得更勤了。

「對了，村仔怎麼沒跟您住一起？」

「他搬到城裡去了！」

「娶了沒？」

「已經有個兒子了，三歲大！」

「旺嬸！您真好命，可以享福了！」

「享福？」她淡淡笑著。

3

「享福？」她淡淡笑著。

村仔未娶的時候，還不是時常告訴她只要他一娶，就要接她去享清福。

——阿娘！等我娶後，您就不必再賣香了。

——不賣香，吃些什麼？

——阿娘！我準備開家機車行，接你一起到城裡住。賣香太苦了！

——阿娘已習慣這種生活了。

——不行！人家會說我村仔不孝順，自己在城裡享福，卻把阿娘留在鄉下賣香。人家會笑的。

拗不過村仔，她先應諾，反正村仔娶都還沒娶，到時再考慮去不去城裡還不遲！

——阿娘！搬到城裡來住，大家住一起，也好相互照顧。

——阿娘習慣這裡的生活，怕沒法適應城裡的。

——阿娘！您若不去，別人會說我這個媳婦有問題，我怎麼去面對人？

媳婦是那麼真誠要她一起住到城裡，她真的不知要找什麼理由來推辭。

——等生了孫子，我再去吧！

好不容易找到理由。村仔夫婦只好依她了。

她是很怕城裡的日子，全天走動慣了，要她什麼事都不幹，閒著等吃三餐，那將是比剝她的皮還痛苦。

那天，突然接到村仔寄來的信。

「母親大人膝下：

下星期您就要有孫子抱了，趕快收拾好衣服，星期天我回家帶您來。沒遇過這種事，我好緊張！

孩子在瓊珍的肚子裡拳打腳踢，像打拳賣膏藥一樣，一定是男孩子，不然不會那麼頑皮！

阿娘！您一定要來！不要再賣香了，該是好好享福的時候了！」

──要抱孫子了！

她面對香客那個笑臉，又多出了一種誰見誰就會感出的欣喜。

找錢的時候，總是抑壓不住內心的欣喜，將即將來臨的喜事告訴香客。晚上，躺在床上時，她為自己的藏不住喜事而暗罵自已多嘴，但，隔天她又重犯這個毛病了。

村仔在她肚子裡的時候，可不是一樣，踢得好凶，甚至她覺得村仔竟在她肚裡翻筋斗呢！

那個沒良心的，本來對她很好的，只是一遇上那狐狸精，三魂七魄都被勾走了，連心也被挖了。懷孕開始，他常常摸她的肚子，嫌脹大得太慢，天天嚷著要借唧筒來打氣，有時把嘴貼著肚臍，說要吹大它；孩子在裡邊動時，他都把頭貼著她的肚皮去聽，他猜是男孩，要不然不會踢得那麼有勁。

有那麼一次，他突然慘叫一聲，然後四肢攤平，一動也不動，把她嚇了一大跳。許久他才慢慢睜開眼睛，問他怎麼回事，他說孩子一腳把他給踢昏了，把她給抱著肚子笑不停。

媳婦抱著肚子猛叫痛，她催村仔趕緊帶著棉被及梳洗用具，就往醫院送去。醫生摸摸媳婦的肚子說：「還早呢！」

──先回家，痛得受不了時再來！

——是不是怕我們付不起醫藥費？

她很是生氣。

——阿婆您誤會了！

醫生笑說。

——五會？十會啦！不然怎麼不讓我們住院？

——不是不讓你們住院，而是您媳婦還沒要生，不必住院多花錢！是你們太緊張。要不是醫生說起，她倒是真忘了，愈老愈糊塗啦！當初生村仔時，還不是肚子悶悶痛了幾天後才生的。真是的，一高興要有孫子抱，竟什麼都忘了。

媳婦整天抱著肚子喊痛，她只好下廚了。特別掏腰包買了豬肝、腰花，煮得熱騰騰的，要媳婦趁熱喝了，說什麼不補補身子，沒奶水給孩子吃！

——阿娘！我吃不下！

——吃不下也要吃，妳看妳瘦成這個樣子！

——我真的吃不下嘛！

——阿娘有村仔時，都沒這些好吃呢！快趁熱喝了！

媳婦經過幾天的悶痛折磨之後，生了個男孩子，她樂得嘴巴合不攏來。沒良心的走後，她不曾這麼高興過，當然，村仔娶那天，她也是很高興，不過沒這麼高興。

——村仔，你看命什麼名好呢？

——叫「志光」？好嗎？

——「志光」？不行！人家會叫他「叔公」！

——我看還是由阿娘來命好了。

——叫……叫什麼好？就叫「光明」好嗎？村仔你覺得怎麼樣？

——「光明」，代表前途光明，很好！

其實這個名字她早就想好了。

隔天她就燉了麻油雞帶到醫院，護士小姐告訴她不可讓媳婦這麼快就進補。

——誰說的？我生村仔的時候，連產婆都沒有，還自己剪掉臍帶呢！隔天，我就吃麻油雞了！

——應讓身子恢復一下才吃！

——不吃麻油雞哪能恢復？妳看她，身子虛得要命！哪會有充足的奶水呢？

——現在還有誰用母奶餵小孩呢！都改用牛乳了！

——夭壽短命，說這種話！

——真的吔！阿婆，不讓孩子吃奶，才可保持身段美麗呀！

——誰說的，母奶才是最好！妳看！村仔就是吃我的奶，才會長得那麼壯！

村仔的臉紅得像喝了酒。

媳婦由醫院回來後，她每天一定燉一隻麻油雞強迫媳婦吃下，她最怕媳婦沒足夠的奶水供孩子吃！

有朋友送來奶粉，她都拿去藏在自己的房間，不是怕媳婦吃了，也不是她想吃，而是怕媳婦偷偷餵孩子。

有天夜裡，她起身如廁，突然聽到村仔和媳婦的對話：

——阿娘反對孩子吃牛乳，把奶粉都藏了！

——妳應該告訴她，說妳奶水不足！

——她不會相信的！她說麻油雞吃了，奶水必定足！

——真是老觀念！明天我跟她講去。

——不行！你千萬不能說！阿娘會不高興的！

好！媳婦還算懂事！有什麼比母奶更好呢？

直到那天，阿土嬸老遠從鄉下趕來跟她收會錢，她才記起還有個會錢沒納。然而，腰包卻一個錢都沒剩。唯一的辦法就只有向村仔要了。

從沒向村仔要過錢，她真的開不了口，於是整天悶悶不樂，牙齒幾乎掉光光的嘴不再合不攏了，再也沒有初初抱孫子的喜悅。

——阿娘有什麼心事？

——沒有⋯⋯

——我看得出來，不要騙我了，是不是有什麼地方不舒服？

——沒有。

——是不是瓊珍或是我有哪個地方得罪您了呢？

——沒有啦！不要亂猜！是有個⋯⋯

——有個什麼？

——有個會錢到了，還欠兩仟塊。

媳婦向村仔使個眼色，兩個人進房去了。她聽見他們細細的談話聲。

——阿娘！這壹仟塊給您！您是知道的，我生產住院花了一些錢，村仔剛開業，手頭緊得很，沒法湊足兩仟塊！

媳婦走出房間，在她旁邊坐下，陰鬱著臉，把錢塞在她手中。

村仔也陰鬱著臉站在一旁，眼神充滿愧咎。

——壹仟塊有什麼用？

——湊數湊數！

——你們留著用好了！我再想辦法！

嘆了一口氣，她站起來，把錢塞回媳婦手中。

隔天，她收拾好衣物，就又回菩提寺去了。在慢慢搖擺的慢車箱裡，她告訴自己：伸手拿錢，是很痛苦的事！

她並不怪村仔，也不怪瓊珍。

再度挽起香籃時，心中有說不出的舒服。

「還是賣香最好！」

4

「還是賣香最好！」

旺嬸輕輕嘆口氣，拂著蒼白變稀的頭髮。兩鬢的銀髮，更烘托出她的蒼老和孤寂。

「雖然賺得少，卻最自由！」

「對您來說，卻是太苦了！」榮仔的太太說。

「習慣就好！」旺嬸笑出一臉無奈。

「現在村仔的生活應該足夠養您了！您應該去和他們一起住，相互有個照應！」

「村仔時時催我要一起去城裡，只是……」

「只是什麼？」

「我覺得住這裡較清靜。有菩薩陪伴，日子過得很實在！」旺嬸看向寺門說：「賣香是苦點，卻不會覺得無聊，在村仔那裡，我真的不知該做什麼，活得很空洞！」

「您勞碌慣了！」

「勞碌命就註定要勞碌！」她呵呵笑著。

「不然，您就在店裡賣，不必橫過馬路去賣！」榮仔說：「您動作慢，汽車開得又快，司機都是不要命的，過馬路真危險！」

「我這裡地點不好，沒有人會來買！」

「可是……」榮仔嘴角牽動了一下，想說什麼，卻又合上，然後搖搖頭。

「不必擔心什麼！」旺嬸又笑了，那笑任誰都看得出是帶著蒼涼：「菩薩會保佑我的！」

榮仔的轎車走後，捲起一陣風沙，幾張紙屑隨風揚起，落下後，菩提寺又閉起慵倦的睡眼睡了。那位身材略顯肥胖的賣香女人，仍然打著瞌睡，藕斷卻還絲連的口水，如蜘蛛從樹上跳下所放出的絲，綿延滴落，彷彿可以聽見觸及地面的聲音。

「菩薩會保佑貧苦的人的！」旺嬸喃喃唸著，低著頭橫越馬路。

一聲緊急的剎車聲響起後，接著是如夏季慣常在午后響起的巨雷般的聲響，一輛卡車四輪朝天滾落在路旁的水溝，輪子仍在動。

「車禍了！車禍了！」

有人喊著，菩提寺的世界醒了。連菩薩也探出頭來看是發生了什麼事。

旺嬸臥在血泊中。香籃仍挽在手中，紙錢卻撒滿地。

「沒脈搏了，死了！」

突然來了一陣龍捲風，沾著血跡的紙錢隨風揚起，似招魂的旗旛，又似聒噪著：菩薩會保佑貧苦的人的！

——刊於《統一企業月刊》第八卷第四期　一九八一年八月

——《中國文選》第一七八期轉載　一九八二年二月

仙助與彩雲歌仔戲團

1

九點。

苦苓村的祖師廟正上演著歌仔戲。

痛傖！痛傖！

鑼鼓聲蕭瑟在苦寒的秋風裡。

是彩雲歌仔戲團最有名的那齣「十二道金牌」。

臺下，只有幾個老年人在看戲。在戲棚下，追逐來追逐去的小孩的叫鬧聲勉強驅逐了幾分冷清。

還算熱鬧的地方是廟裡，總會有幾個中年人來回於廟裡和香爐間，可是燒完香，求祖師爺保佑後，就離開了，沒有人轉頭看看戲是演些什麼，更別談留下來看戲了。

戲，真的是演給神明看的。

「來人呀！」秦檜吆喝一聲，往案頭一拍。

「好！」後臺應著。

「將岳飛押上來！」

岳飛被帶上來，不屑地看著秦檜，開口罵道：「賣國求榮，秦檜你是漢奸！」

秦檜喝道：「大膽岳飛！敢對本相無禮，跪下！」

岳飛不跪，被左右強按跪了下去。

「岳飛你可知罪？抗旨！十二道金牌喚你不回，你想造反？」

飾演秦檜的仙助，看了臺下一眼，那幾個老觀眾都蹲了下來，雙手抱胸竊竊私語著，沒有人把眼睛看向臺上。

「精忠的岳飛就要被誣害了，就要被秦檜捏造的莫須有的罪名害了，你們還不緊張？」仙助的內心向臺下的幾個觀眾吶喊著。

「沒有人看，我們演給誰看？」後臺打鑼的旺仔對拉二胡的水生說。

「給神看呀！」水生叨著紙菸，陶醉在他哀淒的二胡聲裡：「他們請我們來演戲，就是要演給神明看的！」

「神哪有時間看戲？燒香的人禱辭能不聽？」旺仔把鑼重重敲了一記，看向冒煙不停的金爐。

「那些禱辭都是千篇一律的，聽都聽膩了，不聽也知道信徒唸些什麼，誰說沒時間看戲？」水生睨了旺仔一眼：「鑼不要亂敲了，照規矩來，要不然，神明晚上可要打你屁股的！」

幾年前來苦苓村演戲，並不是這般冷清呀！才用過晚飯，村人就響著咔噠咔噠的木屐聲，搬著長板櫈趕來佔較好的位置。那時，整個廟埕擠得水泄不通，看到的只是一顆顆鑽動的黑黑的人頭，隔壁的牛稠埔庄和龍潭庄都趕來湊熱鬧，連廟前那兩棵榕樹上都站著人看戲呢！

「都是電視惹的禍！電視搶走了我們的飯碗！」

還沒有電視的時候，農村裡總是五天一大戲、三天一小戲，往往一演就是半個月。隔壁村子有戲，趕都要趕去看。有時，戲院亦會公演歌仔戲，一個星期下來場場滿，絕無冷場，不只老年人愛看，連少年仔都風迷得要命，看了第一場，第二場不能不看，大家見面總是談劇情，哪會像這樣？連老年人都躲在家裡看電視？

剛剛開戲時，仙助吩咐水生把擴音器的聲音開大點，好提醒人們來看戲。

「請小聲一點，我們要看電視！」沒隔十分鐘，有年輕人來抗議。

「駛佪娘！時代變嘍！」仙助唾了一口痰，喃喃咀咒著，無可奈何吩咐水生把音量調小。

「電視有啥好看？廣告多，又拖沙，幾分鐘就可交待的情節，要拖好多天，我就不知道有啥好看，幹！」水生亦嘀咕著。

時代變嘍！

2

時代變嘍！

除酬謝神，再也沒人僱歌仔戲團演出了。更別談戲院要公演歌仔戲了，就是傻蛋老板都不會這麼做。現在戲院總是演一些歌舞團，跳大腿舞，來吸引觀眾。

其實，就是酬神戲，也都是布袋戲的天下。布袋戲道具少，只要有布景和幾個木偶就演得風雲變色了，而且價錢又便宜。哪像歌仔戲，不但道具多，而又有一群要吃飯、有喜怒哀樂的人，不是一筆龐大的開支是不能維持的，哪能跟布袋戲競爭？

前天，演出結束後，大夥兒收拾好道具，摸黑離開鴨母寮，要趕往苦苓村這裡來時，坐在卡車上，男人一個個抽著悶菸，女人則懷抱著孩子假寐。

「唉！」看著大家無精打彩的樣子，仙助無助地嘆了口長長的氣。

以前哪是這般景象？若是在這個時候，不管車子多顛簸，大夥兒定圍在一起吆喝著玩四色牌，就是女人也把乳頭塞進孩子嘴裡，抱著孩子跟著玩。哪是這般懶洋洋的？

「我看該收攤了！」仙助把快燒到手指的紙菸吸了最後一口，拋向車外，菸頭劃出一道光線後，就被黑暗吞噬了。

沒有人答腔。

水生低頭兀自彈著菸灰，除了為點燃那根菸外，手中的菸他連半口都沒吸。

「真的沒辦法再維持下去了？」水生開了口，並沒抬頭看對面的仙助，慢慢用腳將菸踩熄。

「能撐我還會不撐嗎？都已撐那麼久了！」仙助點燃一根菸，火柴的光映照出他瘦癟的臉。

「收攤的話，我怎麼活？」水生的頭更低了，下顎抵著膝蓋，雙手抱膝。

「我們一起去吃死人飯吧！」坐在水生旁的旺仔說。

「你還壯，扛得動棺材，當土公還可以；我幹什麼？」水生的心往下沉。

「拉二胡呀！」

「送死人早就改西樂了！」

水生有個生病的妻子，還有一個瘋女兒，要靠他一雙手來養。那個瘋女兒，不知被哪個死路旁的給睡大了肚子，真是作孽呀！臨盆那天，她過於驚嚇，竟把孩子給夾死了。

「真可惜，不然水生就有個孫子了！」旺仔尋水生開心。

「幹恁娘，旺仔幸好你無某無猴，像我，看你還笑得出來嗎？」水生咒了旺仔一句。

旺仔收斂了笑容。

「……」仙助一直沒開腔。他想起前次秀春的話。

秀春是團裡的苦旦，是彩雲歌仔戲團的一張王牌。

「我想換個環境，不再奔波了！」散戲後，在井旁洗臉卸脂粉時，秀春對他說：「跟著戲班在外面漂泊流浪那麼多年了，也該休息休息了。」

他停止洗臉的動作，抬頭看著她，臉巾仍捧在他手裡。他的訝異是夠大的，從秀春這麼乖巧的女孩子口中吐出這些話，她一定把話憋在心中好久了。

「為什麼？」

「該找個人嫁了！」秀春靦靦地笑笑：「總不能一輩子待在戲班裡呀！」

仙助清楚秀春想嫁人只是個藉口，她把話說得那麼婉轉，只是不想傷他的心，免得他難堪，主要原因，還不是錢愈賺愈少。

近來戲班流動性大，還不是給的薪水低。秀春還算有情義，在團裡效命這麼久了，半句怨言都沒有，她深知團經營的困難。很多人，第一個月的薪水一拿，什麼都沒說，提著行李就走了。

幾年前，歌仔戲正開始沒落時，仙助仍滿懷著信心。

「等大家電視看厭了，歌仔戲又會再抬頭的。」他總是如此信心十足地安慰著大家。

因而，當大部分的歌仔戲團紛紛掛歌仔戲的羊頭，賣著歌舞團的狗肉時，仙助仍然堅持自己的原則——演最正統的歌仔戲。

「班主！我們該排演幾個時裝劇！」

「我們該唱唱流行歌！」

「班主！我們……」

大家紛紛向他提出挽救劣勢的建議，他固執地全部否決掉。

那像什麼話？穿短短的熱褲或裙子跳阿哥哥給神看，不是最可惡的褻瀆嗎？

「我們要有敬業的精神，就是餓死，也要讓他餓死，神明冒犯不得！」

「但是他們比我們賺錢！而且人們愛看！」

「那是暫時的！以後還是歌仔戲的天下！如果你們眼紅，就去跟他們！」

「那我們不妨見風轉舵，先演時裝劇，到時再改演歌仔戲！」

「我絕不演歪戲！」仙助像頭被激怒的獅子，咆哮著，大家都嚇呆了：「打死我，我也不幹！」

直到那次，在草埔坪的新廟落成酬戲比賽裡，仙助才真正領悟到歌仔戲已經真的無法超生了。

彩雲歌仔戲團演的是最叫座的「十二道金牌」，仙助很有信心能取到掛在廟前準備頒贈給冠軍團的「演藝超群」的錦旗。

「好好演，我們要得那面錦旗有如桌上取柑！」還沒上戲，他鼓勵每個團員：「我們團有哪次演十二道金牌不人山人海的？」

剛開始的時候，彩雲歌仔戲團的「十二道金牌」確實圍觀的人最多。但是當評審出動打分數的時候，人潮開始往把燈火調得很有情調的時裝劇團移去，仙助遠遠看去，穿著薄紗的女郎正跳著叫人銷魂的扭扭舞。站在彩雲歌仔戲團臺下看戲的婦人，雖然腳步沒跟著移動，口也罵著：「袂見笑查某，跳彼款舞！」，眼睛卻睜得大大的，直往那裡瞧，不但踮起腳跟，還伸長著脖子。

「搖落！搖落！」少年仔吹著尖刺的口哨。

「脫呀！緊脫！」觀眾處在興奮的狀態裡。

仙助雙手叉腰站在臺前，氣得眼睛都快爆出來了。

「這是什麼世界？暗淡！暗淡！」

「幹！卑鄙！下流！演彼種戲！現世，現到厝！」

就在仙助的咒聲裡，錦旗淪落在別人手中。對方還舉起錦旗對著彩雲歌仔戲團示威，仙助卻只能眼睜睜看著。

「幹佃娘，我不相信沒人再看歌仔戲！三年，再三年，歌仔戲一定重振當年雄風，要不然，我仙助就不姓吳！駛破佃娘！」憤怒地往臺下吐了一口濃痰。

一連好幾天，仙助總是無法成眠。

3

一連好幾天，仙助總是無法成眠。

最近這段日子裡，他一直想著，是解散？還是再撐？

歌仔戲真的被打入冷宮了？沒有歌仔戲，我們怎麼向祖先及後代交待？

一失眠，往事即歷歷呈現眼前。從十歲開始演戲，到現在也已經四十多年了，好快呀！

那年，他剛出生，父親就在母親的淚水裡離家，投入南洋群島的戰火裡。日本戰敗後，鄰人一個接一個被遣送回來，他母親接到的卻是父親的骨灰。抱著骨灰，哭暈在庭院裡。

隔天，母親背著他，提著一個小小的包袱，成了彩雲歌仔戲團的苦旦。他就在戲班裡長大。這些都是母親告訴他的。

懂事後，他就充當童角，開始過著演戲生涯。演戲很苦，要練習各動作，要背臺詞，班主又兇，動不動就破口大罵，白眼瞪得你眼淚往肚裡嚥。

靠嗓子吃飯就順理成章成了他的職業。由於他身手敏捷，能用腳將金矛瀟灑地踢回來，又能翻筋斗，唱腔又好，很得班主的賞識，於是和班主唯一的女兒秋香結了婚。

岳父去世後，他就接了班主的職務。在他的領導下，彩雲歌仔戲團名聲遠揚各地，大家爭相聘僱，每個月都排滿檔。只要一提起彩雲歌仔戲團，大家都要豎起大姆指。

二年前，母親臨終時，以乾枯的手握著他的手說：「仙助！如果撐不下去就解散好了。我們還有幾塊地荒蕪著，就回去開墾吧！」

「解散？阿母您也認為歌仔戲沒人看了嗎？」

「撐也不是辦法！」

「可是有些人要失業的！像水生……」

「不然就把那幾塊田賣了吧，再撐撐看吧！」

撐，撐，地就在撐中一塊塊賣了出去。

歌仔戲卻仍繼續沒落，看來，人們似乎要忘了有歌仔戲這麼一項祖先遺產了。聽說電視裡的歌仔戲看的人更少了。

仙助的臉蒙上一層深深的憂鬱，像是要下雨的天空。因電視之害而相繼關門的電影院已經因人們看厭電視而再度蓬勃發展起來了，可是歌仔戲？賣？還是不賣？那天，再去翻找抽屜裡的土地所有權狀，想再賣掉一塊地來撐一段時日，卻發現只剩最後一張了。他面臨最後的抉擇。

賣了，劇團還可以再撐一段日子，但是，他將一無所有，除了一個面臨解散的劇團。

「唉！」一聲長長的嘆息之後，還是把土地所有權狀又塞回抽屜去。不賣，至少還有一塊地好耕種，賣了，就什麼都沒了。

戲臺上那些錦旗隨風飄搖，有些因過久，而顯得有一點黑，有些還塞在箱子裡沒拿出來掛呢！就看這些錦旗，即知當年彩雲歌仔劇團風光的情形。

仙助看了一下戲棚子，不出他所料，半張賞金的紅條子都沒，以前可貼得滿滿都是。

王罔飼　賞金五〇〇元

陳大欉　賞金三〇〇元

吳牛港　賞金六〇〇元

……

演戲的時候，看著那些隨風飛躍的紅條子，愈演愈有勁。

歌仔戲真的已欲振乏力，已如走入絕龍嶺的聞太師。

年底解散！

4

年底解散！

決定之後，心中的石頭掉了下來，他覺得舒服異常，那種感覺就如久病初癒。

「來人呀！押岳飛出去斬首示眾！」

飾演岳飛的秀春被押往後臺去，不時回過頭來罵秦檜：「奸賊！奸賊！」

「啊——」隨著一聲淒涼的慘叫之後，響起一聲鼓聲。

嗩吶、鑼鼓齊鳴，戲就散了。

道具、箱籠打點完畢，搭上卡車，又往下一個驛站駛去。

一輪上弦月孤獨掛在蒼穹，沒有星子。

水生拿出二胡，拉出淒淒切切的悲鳴，沙啞地唱著：

阮是一蕊流浪的雲
到處找生活
阮是被社會拋棄的可憐人
但是阮不需要別人的同情
阮徛得無比別人較矮
敢講唱歌仔戲是見笑的代誌呢？
咿咿……

仙助掛著兩行蒼老的眼淚。

——刊於《統一企業月刊》第八卷第五期　一九八一年十月
——《中國文選》第一七九期轉載　一九八二年三月

霧夜的燈塔

1

夜。

茫茫的霧籠罩著漁港。白天噗噗的船聲都沒了，一片死寂，只有燈塔賣力地散放著光芒，極力想衝破濃霧的重重包圍。

兩道白色的防波堤在夜的襯托下，更像一把鉗子，掐得海不但痛得跳起來，還呼呼喊痛著。

海風在夜的掩護下，囂張地鬧喊著，肆無忌憚地欺凌著寂寥的漁港。

秋霜蹣跚走著，瘦削單薄的身子，哪能敵得過料峭瀟颯的海風。

頭髮散飛成蓬草，像個瘋婦。

「永——明——呀！」

淒切的悲鳴，似受了重傷而無力反抗的野獸的狂嘯，但隨即湮沒在海風中。

淚，爬滿整個臉。

她什麼都不做，就那樣來回踱著，口中喃喃自語著：「永明會回來的！永明會回來的！」

「秋霜！秋霜！」一個佝僂龍鍾的身影由港邊跌撞而來。

秋霜沒回頭看她，卻是停了下來。

「會著涼的！」老婦人把衣服披在她肩上：「快把衣服穿上！」

「阿母！」秋霜抱著婆婆，抽搐著：「永明沒有怎樣，他就要回來了！」

「你講啥？」老婦人為她拂去淚痕。

「永明沒有死，他會回來的！」搖晃著婆婆：「永明會回來的，嗯？」

「別再孩子氣了！」拍拍她的肩，老婦人不知該如安慰她。

「永明走的時候不是說他再幾天就回來了？」

老婦人搖搖頭，淚縱橫在蒼老的臉上。

2

那天，永明要出海，秋霜送他到港邊。

也不知為什麼，這次永明沒阻止她。以往也只讓她送到門口。在這個保守的漁村，這種親暱的行為是會讓人拿來當笑柄的。

——捨不得離開，乾脆就留在家裡抱老婆好了，還討什麼海？

——又不是新烘爐新茶鈷，都老庒老某了，還這般眷戀！

——那麼依戀？又不是要離開一年，看著強要起雞母皮！

夥伴的揶揄雖不是出於惡意，只是尋他開開心而已。但聽起來怪不是味道的。所以他只答應她送到門口，她就在門口引頸舉踵看著他，直到他的船消失在視野裡。

「一星期，很快就過去了，不用擔心！」永明露著討海人慣有的黧黑的笑臉。

「你出海的日子，我總是覺得時間特別長！」

「又不是第一次出海，煩憂些什麼？」永明拍拍她的肩。

「提到第一次出海，我倒是想起來了，那個禮拜，我完全沒睡過！」

「不要胡思亂想，沒事的！」

「我也知道你每次都會平安回來，可是，就是不知道為什麼，我總是要操煩！」

「一星期，很快的，眼睛一眨就過了！」

「如果你不出海，那多好！」這話她不知對他講過多少遍了。

「不出海，我們吃什麼？」

「可以另外再找工作呀！餓不死的！」她信心又來了，應該說服他離開這裡。

「討海慣了，就靠海吃飯，臨時換工作，哪有那麼容易，說換就換，賺不到錢是要餓肚子的。」

「生活困苦點都無所謂，只要你在我身邊，我就覺得很幸福！」

「別再說這些傻話了！」

「誰說這些是傻話？」她嬌嗔地說：「討海人的命根本不是自己的。」

「我哪一次不是平安回來了？」永明極力要安撫她的心：「遇到大風浪，又不是小孩子，哪會不知道避？」

「欽仔絕不讓你帶他去討海！」說不過他，就只好提孩子去擋。

「這個當然依妳！」永明呵呵爽朗笑著。

「尪婿一個人已經夠我操煩了，我不希望再操煩兒子！」她翹著嘴巴。

船螺響起，富榮號駛向蔚藍的海。

永明在船舷上對她笑著，秋霜的手不停揮別著，鬱悒逐漸浸襲她的臉，她搖搖頭輕嘆，轉身向家走去的剎那，淚水滾落：「嫁給討海人，就註定要在操煩中過日子！」

就在永明要回來的前一天，氣象局發布強烈颱風警報。碼頭上擠滿盼望丈夫平安回來的婦人，大家臉上蒙著一層陰鬱，沒人搭訕，沒人笑談，一股不祥的氣氛籠罩著整個漁港。

會不會有不幸的事情發生？沒有人敢保證沒有，但大家都不希望會降臨在自己身上。
大家無視於風雨的鞭笞，以焦急的眼神苦苦守候著一家之主的平安歸來。萬一丈夫沒回來，往後的日子怎麼挨？一家大小的活靠誰來支撐？丈夫是她們心中唯一的希望。
就在家人望眼欲穿的企盼裡，船一隻隻駛進了港。看見親人安然無恙回來，反而高興得掉下淚來。再也沒有人去關心捕了多少魚，只要命還在，要捕更多的魚都有。
人群漸漸少了，大都擁著平安歸來的家人回家了。還沒有回來的船的家屬，臉更是陰鬱了。
「有沒有看到永明的船？」只要有人回來，她總是推開他們的家人，趨前去問。
「沒有看到！」杉仔答，抱著正喚他不停的孩子：「永明還沒回來？」
「不知會不會發生問題？」
「應該不會的！永明一向很機警，看情形不對，他會躲的！」
「怎麼到現在還沒有回來？」
「或許靠到別的港口去了，別掛心！」杉仔帶著家人走了：「去年他不就停在別的港口？不會有事的！」
風大，雨更大，人都走了，只有她仍然枯立在風雨中傻傻等著。
直到夜來臨，仍然沒有永明的消息。

「回去吧！浪這麼大，永明哪敢回來？」婆婆來勸她：「他一定停到別的港口避風雨去了。」

「我再等等看吧！」她一直沒死心。

「永明就是想回來，浪這麼大，回得來？」婆婆拉著她往家走去：「等明天看看，永明不是小孩子，他會避風的，討海那麼久了，還不懂這個？」

3

戀愛最是美了。

每次討海回來，永明總是帶著她蹭蹬在防波堤上。累了就坐在燈塔下依偎傾談。

「能不討海？」

他搖搖頭說：「沒辦法，我註定要靠海吃飯！」

「誰說的？」她噗哧笑出來。

「每次發誓不再討海，跑到城裡找工作，可是連睡覺都夢到自己在海上。」他說，嘴角漾著笑：「你說，我還能離得開海？」

她知道他那根深蒂固的想法，不是一兩天就能改的，她打算慢慢用愛來感化他。

阿腰嬸來說媒的時候，父親把決定權交給她自己。

「好好考慮！」父親眼神充滿關切：「免得以後後悔來不及！」

「這個問題我考慮好久好久！」她低頭撥弄著自己的手指頭。

「討海人的命不是自己的！」父親背著手，在客廳來回踱著。

「這個我知道！」她淡淡地答，可以看出她的內心正在交戰著。

「我還是希望妳能慎重這件事！」

「阿爸不也是討海人？」她想堅定自己的信心。

「就因阿爸是討海人，所以才徵求妳的意見，否則早就一口回絕了！」父親苦笑著。

「秋霜，嫁了討海人的心裡負擔妳該能知道一些。」母親終於開口了：「妳忘了小時候，每次天氣變化，阿母帶著你們兄妹去港邊等妳阿爸的漁船的情景？」

「當然記得！」她點點頭：「有次阿爸泊在別的港口，我們以為出事了，抱著哭成一團。」

「嫁了妳阿爸後，我一直在提心吊膽中過日子。」母親嘆口長長的氣後，接著說：「若是神經較衰弱的，恐怕早就瘋了。」

「可是我愛他，他也愛我。」

「現在不是愛不愛的問題。感情的痛苦會隨時間淡去的，這個不用擔心。幸福過日子，才是一個女人最重要的。」父親一直希望她能拒絕。

「您不懂愛情！」

「愛情和幸福哪個重要？」父親大步踏出門外：「就算我不懂愛情好了！」

她並沒有接受雙親的勸告，還是嫁了他。

她也一直沒有後悔過，誰叫他們要相愛那麼深？愛應該是沒有所謂後悔不後悔的，他一直這麼認為。

直到她接到永明罹難的消息，她仍沒後悔。

她只責備自己，為什麼沒能說服他，讓他帶她遠離漁村，不再討海為生。

「明仔死嘍！」

「……」

曾經和永明在同一條船討海的阿海來通報消息時，秋霜什麼話都沒說，只睜著眼睛看阿海，像觸了電般。

然後，淚，潸潸落下。

「你們白賊！」她突然歇斯底里嚎啕起來。

所有的人都嚇呆了。

「我們看見富榮號的遺物飄在海上。」阿海說。

「你們騙我！我不信！你們騙我！」往港邊狂奔而去：「永明沒有死！他說過，他就要回來了。」

「秋霜！秋霜！」婆婆追著喚他。

4

「秋霜！不要再去想伊了！」丈夫遭海難的阿福嬸安慰她：「日子總是要過的！」

她點點頭：「我知道！」

「我那個短命的走了後，我要帶三個孩子，一個才出生不久，日子還是熬過來了。」阿福嬸語中帶著哀怨。

「阿福叔還找得到屍體，永明可什麼都沒有留下。」

「走了橫直都是一樣的，阿福那被鯊魚咬得面目全非的屍體，看了只是更加傷心而已。」

說著說著，阿福嬸的眼眶都紅了。

「我們別再談這些了！」秋霜硬擠出一絲苦笑。

「秋霜！妳打算怎麼樣？」

「我也不知道！」

「我看這樣好了，跟我去賣魚，怎麼樣？」

「我從沒做過生意，怎會賣魚？」

「沒關係！我們合夥，妳先幫忙找錢！就這麼決定了。」

那天剛從漁市場回來，兒子欽仔告訴她說老師要帶他們去玩。

「去哪裡？」她邊脫雨鞋邊問：「怎麼沒事先告訴阿母？」

「老師臨時決定要帶我們去瀑布玩，他說我們試考得好。」欽仔抑壓不住心中的喜悅：「阿俊說他明天要帶麵包和蘋果去，我也要！」

「嗯！」她點點頭，不知該回孩子什麼話。

「阿母要不要買蘋果給我帶著去遠足？」

「你不是去過了嗎？」

「那次是騎車自己去，老師說大家一起去的感覺不一樣，大家用走的去比較好玩！」

「嗯！」看孩子興緻那麼高，她實在不願阻止他去。

「阿母，我要帶蘋果去！」欽仔繞在她身旁。

「今天賣魚賺的都拿去清米店的帳了！」她拍拍孩子的肩：「沒辦法買蘋果給你。」

欽仔眼眶紅了：「上次遠足，阿爸買蘋果給我，那個蘋果好好吃！」

「下次再買給你，阿母這次沒錢！」

「不要！我要帶蘋果去！」欽仔的淚落了下來：「大家都說要帶蘋果去，我也要！」

「聽話！你阿母真的沒錢。」婆婆哄著欽仔。

「不要！不要！」欽仔嗚嗚哭著：「我要帶蘋果！」

「拍！」一聲，欽仔臉上出現五條紅紋，嚇得止住了哭聲，他沒想到母親會出手打他。

「以為你阿爸過身，我就不敢打你了？」她提高聲音罵著：「囝仔人這般不聽話！再哭看看！」

「阿爸！嗚！嗚！」欽仔卻哭得更大聲。

正想再打孩子，突然一個念頭閃過腦際：孩子沒有錯啊！錯的是我，是我不會賺錢，是永明為什麼要這麼早離去。

「永明呀——」她心在吶喊著：「為什麼要放下我？」淚，爬滿了一臉。

「欽仔，乖！阿嬤最疼欽仔了！」婆婆抱著仍在啜泣的欽仔。

隔天，她起個大早，先向阿福嬸借錢，買了兩個蘋果和幾塊麵包塞在欽仔袋子裡，才去漁市場賣魚。

5

「阿母！我決定要去討海，您不必再去賣魚了！」

「我不答應！」

「為什麼？」欽仔不解：「我唸的是水產學校，討海最恰當不過了！」

「我希望你再繼續唸下去！」

「我不是讀書的材料嘛！」

「既然你不再唸，我不逼你，但我不贊成你出海，可以到城裡找別的工作。」

「城裡做工賺得少，討海賺得較多！」

「討海風險大，如果我這輩子再操煩你的出海，我會發瘋！」

「我討幾年海就好了，賺些錢，讓生活改善之後，我們再搬到城裡做工。」

「當年你阿爸還不是這麼說，結果呢？還沒結束討海生活就走了，什麼都沒留下。」

「不幸的事不會總是降落在我們身上的。」

「我不想再跟海賭了。」

「阿母！您想到哪裡去了。」

「我不希望我的媳婦和我一樣，都要在操煩丈夫出海是否平安歸來的不安中過日子。」

「村子裡都是討海，遭遇海難的也才幾個而已，有什麼好緊張的？」

「事情就怕萬一，我只有你這個兒子！」

「如果我堅持一定要出海？」

「那我就死讓你看！」說著，秋霜哽咽抽搐起來。

這些年，為了支撐這個家，確實吃了不少苦頭，婆婆在前年走了，她唯一的希望是欽仔，說什麼都不能讓他去討海，萬一有個三長二短，依靠誰？

過去是一場可怕的夢魘，時常，那些往事還會叫她從夢中突然驚醒過來。

「既然您不答應我去討海，我們就到城裡去吧！」欽仔無奈地說：「日子會苦點！」

「我不會怪你的！」秋霜含淚微笑：「我可以去幫人家洗衣、煮飯，賺點錢貼補家用！」

「我不要您再勞累！」

「日子苦點都沒關係，只要有你在，我就會感到活得很實在了！」

明天，就要離開這個漁村了。

早在幾天前，秋霜就忙著到各家去辭行。對這個漁村，她有太多太多的懷念與不捨。但為了不讓欽仔出海，她不得不離開這裡。

夜深了。

她走在防波堤上，防波堤有如螃蟹的雙螯，掐得她的心都要滴血了。海風吹散了她略白的頭髮。

雙手插在大衣口袋裡，低著頭慢慢走向燈塔。

幾十年的光陰，她走在防波堤上，心情竟都是不一樣。

茫茫的薄霧籠罩著漁港，也籠著燈塔。

生冷的月暗暝
雺霧罩海邊
海面燈塔白光線
暗淡無元氣
只有是一直發出水螺聲哀悲
引阮出帆的堅心
強欲軟落去

她竟輕輕哼起永明帶她來這裡，兩人一起哼唱的那首叫「霧夜的燈塔」的歌。她記不清多少日子沒唱歌了。

永—明—！

——刊於《統一企業月刊》第八卷第六期　一九七八年十二月

大哥的婚事

他深深打了個哈欠。

昨晚拜天公，折騰了一夜，睏得很。

父親臨終時，千叮嚀萬吩咐，在大哥結婚時務必要拜天公。他結婚時，因為家裡實在太窮了，不得已，父親只好擲筊徵求得天公的同意，合併在大哥結婚時一起舉行。

向天公許的諾，不能不兌現的。幾年前，五叔公的腳被蠟燭淚燙傷，怎麼敷藥都不見效，後來問了神明，才知曾祖父曾向天公許了平安願，卻忘了償願，後代的人也不知有這麼回事，因而一直拖欠著。最後，全族的人，老的、少的共百多人，在六叔公的召集下，聚集在一起，殺了豬公拜天公，五叔公的腳傷就那麼神奇，什麼藥都沒敷就痊癒了。

由於女方家遠，為趕回來中午宴客，拜完天公，即開始準備出發迎娶去了。

「這是什麼意思？」正在洗臉的大哥拿出臉盆的雞蛋，不解地問。

「要你吃的！」他笑著回答：「意味著將來會生男孩子。」

「什麼時代了，還相信這些！」大哥搖頭苦笑：「阿德！你幫我吃了！」

「不行的！忍耐點吃了吧！等下阿母看到你沒吃，會不高興的！」

「你不是不知道，我最討厭吃蛋！」說著把蛋擱在一旁。

「被強迫吃蛋也這麼一次，順順阿母！」

「沒吃蛋就生不了男孩？」大哥擰乾毛巾走了：「我不相信！」

一陣鞭炮響過，迎娶的車子就要出發了。

——對方沒來請出轎，千萬不能下車。

——過門檻，一定要跨過，不能踩著門檻。

——……

他追上車子，從窗口裡把以前長輩教給他的規矩，如數家珍般地告訴大哥。

「規矩怎麼這麼多？早知道就公證結婚算了！」大哥埋怨著：「我哪記得那麼多？」

「我只是提醒你而已，到時候媒人婆阿福嬸會隨時告訴你的！」

「好像結婚的人不是我！」

「今天你當新郎，要沉得住氣點！」他拍拍大哥的肩膀：「那些規矩很重要，千萬不要違犯，有些人很禁忌這些！」

送走大哥去迎娶的車子，突然覺得不知該做什麼好？宴席包給阿坤，雜事又有幾個鄰居來幫忙，根本沒他插手的餘地。

時候尚早，親朋都還沒來，沒什麼人好招待。現在和以前是大大不同了，小時候遇親朋有喜事，母親都早一天就帶著他去隔夜湊熱鬧了，故舊親朋同為喜事而歡，那股喜氣洋洋的味兒至今依然忘懷不了，哪像現在，親朋都只趕來吃那麼一餐就又匆匆走了。

真是閒不得，一不知做什麼好，竟不知不覺打起哈欠來。

「啊——哈——」他伸個懶腰，打個舒服的哈欠。

「德仔，我看你先去休息一下！」低頭整理東西的妻，抬頭對著他笑笑：「這幾日你一直沒睡好過。等下還要招呼客人呢！」

「哈——啊——」他又打了一個哈欠：「也好，我就去休息一下，有事就到柴房找我。」

躺在床上，半點睡意都沒。眼睛看著屋頂的橫樑及支撐屋瓦的竹幹。蛀蟲把竹幹咬得嘎嘎作響，灰從屋頂一直飄落下來。

去女方提親的前一個晚上，他和大哥就睡在這張床上，像小時候一樣，他們同蓋一條棉被。上床之後，兩個人都看著屋頂，沒有人開口，氣氛顯得死寂。

「聘金十萬，你覺得怎麼樣？」他首先打破沉默。

大哥沒回答，但似乎想開口，他聽到大哥嚥口水的聲音。

他側臉去看看大哥，大哥兩眼依然看著屋頂。

「有沒聽大嫂說她們那裡行情多少？」他索性側身看著大哥，聲音壓得很低。

「二十萬左右。」大哥仍看著屋頂，眼睛連眨都沒：「家裡有錢的當然送更多！」

「大嫂有沒有說要多少？」

「伊知道我們沒錢，她哪敢要求？」大哥看了他一眼，又把目光轉回屋頂：「不過……」

「不過怎麼樣？」他急切地問。

「不過她說如果能借到的話，最好湊足二十萬。」大哥淡淡地說，聲音低得幾乎聽不到：「她說她們聘金不收，只是要好看點，瞞瞞親朋的耳目而已！」

「你的意思如何？」

「阿德！我們不要談這些了！」大哥搖搖頭，嘆口氣，把眼睛閉上：「睏吧！我們怎麼會這麼窮？」

那一夜，他輾轉不得成眠，大哥那句：「我們怎麼會這麼窮？」的話一直在他的腦裡迴盪，父親臨終前，以乾枯的手握著他的手的情景，像餓虎般地向他猛撲攻擊。

——阿爸最遺憾的事是沒法替你大哥娶親！

——阿爸您不用擔心這個！我自會發落的。

——我把這個任務交給你。竹子可以賣了，大哥若要娶某，就賣了辦喜事。千萬記著，喜事務必辦得體面點，你大哥是我們村子裡唯一的碩士呢！

——這個您不用操心。

——你沒讀書，跟著阿爸種田這麼多年，這些田產應屬於你，你唯一要做的是替阿爸幫您大哥娶某！

——我知道！

天未亮，他即騎著機車到鎮上，把妻子的首飾都變賣了，並向一位表哥借了五萬塊，剛好湊足廿萬，然後和大哥及媒人去送聘。

雙方互掛戒指，訂婚儀式就完了。女方席開一桌宴請他們。許是過於興奮的緣故，滴酒不沾的他，當親家敬他的時候，毫不推辭連連乾了幾大杯。

漲紅著一張臉，說話的聲音竟高了：「今天我最是高興了！你們知道嗎？」

「當然知道！」親家又敬他一杯：「你大哥訂婚嘛！」

「阮阿爸交待給我的任務，我完成了！」他仰頭乾盡一杯，然後哈哈笑了。

大大吐了一場，他爛醉如泥，還是被大哥抱上車的，車子開回到家裡，都還沒醒呢！

要去完聘的前一個晚上，他和大哥也是睡在這張床。許久兩人都沒說話，他一遍遍數著支撐屋瓦的竹幹。

「大哥，我看婚禮不要太鋪張，宴幾桌親友就好了。」他首先開腔：「迎娶的車子僱二輛怎麼樣？」

「二輛不會太少？」大哥問。

「一輛你們搭，一輛給伴娘搭，剛剛好的！」

「你大嫂說他們有幾個親戚也要一起來，恐怕不夠！」大哥側身背對著他說。

「可以不可以跟她再商量看看呢！」

「明天再跟她父親說說看！」大哥又注視著屋頂。

「下午我去了餅店，餅都做好了。」他轉移話題。

「我真怕不夠，他們的親朋多，不曉得夠不夠分？」

「現在的人很少吃大餅了！吃一千斤餅的已很少聽說了！」

「其實他們聘金分文沒收我們，吃我們一千斤餅也沒過份到哪裡去！」

「聘金不是收了？」他不解大哥的話意。

「收是收了，卻已存入你大嫂的帳户了，不是等於沒收？」大哥解釋著。

他淡淡苦笑，然後說：「不夠也沒辦法了，由他們自己去調吧！數量是他們自己開口的，要訂做也來不及了。」

大哥沒再說什麼。他心裡卻在思索著如何籌借那筆錢付餅錢，四、五萬塊可不是個小數目哩！蛀蟲將竹幹咬得吱吱作響，讓人有種錯覺竹幹就要斷了，他喃喃自語著：「我目前的處境不就像快被蛀斷的竹幹嗎？」

將餅載運至女方，中午當然接受女方的宴請。

「親家，結婚時，您們要不要到我們那裡親家伴？」飯後，他點燃一根菸，徐徐吐出一口後問親家。

「當然要囉！我就只有這麼一個女兒，不熱鬧一下怎麼可以？」親家因喝多了酒，漲紅著臉，接著問：「你們呢？」

「阮阿母說……」他剛剛開腔。

「你阿母怎麼說？」親家馬上打斷他的話：「難道你們不來？」

「我阿母說你們如果要去，我們也來！」大哥趕緊接腔，並擠出一絲阿諛的笑。

其實阿母最主要的意思還是能省則省。

「你不認為應該熱鬧一番？」親家看著把手指關節折得拍拍響的他。

他只好點頭苦笑。

「要省也不必省那麼一輛遊覽車錢！」大哥說。

「當然！當然！」親家呵呵笑了：「一生結婚就這麼一次。」

「既然有了遊覽車，那迎娶的轎車來兩輛可以嗎？一輛新娘搭，一輛伴娘搭！」他笑著問親家。

「這哪裡夠氣派？我可是有頭有臉的人哪！嫁女兒如此寒酸，豈不笑破人家肚皮！」親家看看他，然後看看大哥：「你大哥可是碩士哪！」

「我們來四輛好了！」大哥連忙說，並問：「四輛夠嗎？」

他在內心自語著：「為了氣派，花了那麼多錢，值得嗎？」之後，他又擔心著那麼多的車子擺哪裡去？庭院是那麼小，又要擺酒席。

「何必這麼浪費？」回程裡，他對大哥抱怨著：「可省的為什麼不省？」

「做親要好來好去，才不會傷感情，何必一定非鬧得雙方不愉快不可？」

「可是……」他看看大哥：「那些錢我們幾時再賺回來呢！現在身邊分文都沒，哪裡去借？」

「咬緊牙撐撐就過去了！」大哥說得倒豪爽：「一生結婚又只那麼一次！」

「我結婚什麼都沒，還不是結了！」他有些生氣。

「你是你，我是我！」大哥把音調提高了。

大哥書唸得那麼多，應該很能體諒家裡的窮困才是。怎麼說那種話，他的眼眶含著淚，正想好好痛罵大哥一番，但想到大哥沒拿過鋤頭，不會知道在烈日下揮鋤的苦痛的，他的心又軟了下來。

始終無法成眠，他於是走出柴房。來幫忙打雜的，有的在庭院豎起柱子搭帆布篷，有的張羅桌椅。人雖少，但忙碌的樣子，再加上幾個追逐嬉戲的孩童叫笑聲，已稍稍有了辦喜事的氣氛。

阿坤叔的爐灶升起騰騰煙霧，菜香陣陣撲鼻。他走向每個人，遞上菸並噓寒問暖一番。妻正和來「湊腳手」的婦人圍蹲在古井旁殺雞，他走向她們。

「德仔！你大哥真好命，自小就讀書，讀到娶某，識的字，我看用卡車都載不完了！」阿木嬸說。

「嗯！」他點點頭，蹲了下來，幫忙拔雞毛：「共讀了十八年書。」

「聽說讀得比大學還要高呢！叫什麼？叫……」阿木嬸看著每一個人，但沒人看她，大家仍低頭工作。

「叫碩士啦！」阿來嬸說。

「對啦！叫『識』士，阮阿木跟我說過。」阿木嬸笑說：「人吃老記性就不好嘍！」

「我看是煮熟的『熟』士！」阿來嬸揶揄阿木嬸。

「不要欺侮我不識字！」

「你不說話，人家不會說你啞吧！」

大家都笑了。

「死阿春，你給我記著！」阿木嬸咒著阿來嬸，然後接著說：「你不是說要介紹你小姑阿秀菊給進丁嗎？」

「阿秀菊讀師大，畢業就到國中教學當老師，是鐵飯碗哪！她跟進丁很相配！」萬忠嫂接著說。

「沒緣份啦！」阿來嬸正取出雞內臟：「我還沒向進丁提起，就接到他結婚的帖子了！怪阮秀菊沒那份福氣！」

「阿春你跤手慢鈍，鴨舍哪有蚯蚓留著隔夜？像進丁彼款人才，誰不搶著要？」阿木嬸有份說不出的惋惜。

「只怪秀菊沒福氣！」萬忠嫂不勝惋惜。

到底是秀菊沒福氣嫁給大哥，還是大哥沒福氣娶到秀菊？大哥真的像大家所說的那般好？他沉入思慮的深淵裡。

說大哥學問好，那倒是沒人會反對，若說大哥懂事，那倒未必見得。

「你公司的人，我看僱一輛車子，將他們載來家裡一起請吧！」阿母徵詢大哥的意見：「一起辦，比較便宜，而且省事！」

「這麼偏僻的地方，怎麼好意思叫他們來？」大哥說。

「這哪叫偏僻？現在的人反而喜歡到鄉下來！」

「誰說的？餐廳有冷氣，氣派得很，又有音樂，哪像我們這裡？」

「餐廳貴得很，都被稅金拿走了，菜根本不好！」

「吃得好不好是一回事，我不願讓他們說我小氣！」大哥始終堅持他的意見，氣氛變得很僵。

「要阿伯抱抱！」四歲大的孩子伸手要大哥抱。

「不要纏著阿伯！」他笑著對孩子說，然把臉轉向阿母：「就順大哥的意思去做。」

大哥抱起孩子，並拍著孩子的背。

「那你的新房？」阿母轉移話題：「我打算把牆壁油漆一下，木板床拆掉，買一張彈簧床，你覺得怎麼樣？」

「舊房子再油漆還是舊房子，這種房間放那麼一張彈簧床能看？簡直是鮮花插在牛屎上！」

「暫時住一下而已，滿月就要搬出去了！」

「既然只住那麼一個月，何必再麻煩？我看乾脆去外面租好了。」

「依照風俗，都要在家裡住一個月。」

「什麼時代了，還相信這些！」

「阿母！我看就照大哥的意思去做，這段時間又逢雨季，大哥每天通勤不方便，就外面租間房子好了。」他打圓場。

他一直不願在辦喜事之間發生不愉快，看到阿母眼中所含的淚光，他只有搖頭輕嘆了。

幾次阿母背著大哥，對他說：「讀一畚箕書有啥用？還是這樣不識三二，真是愈讀愈戇，書都讀到尻脊骿去了。什麼都要依照自己的意思去做，也不想想家裡的經濟怎麼樣，唉！倖子不孝，都怪我太疼他了！」

對於阿母的牢騷，他只能輕嘆。是自己的大哥，他又能說他什麼？

書讀得多應該愈明理才是，怎麼……

「德仔，你大哥他們怎麼認識的？」阿來嬸突然一問，把他拉回現實。

「登山時認識的！」

「你大嫂真漂亮，我看過一次！」萬忠嫂說：「讀大學，不簡單哪！」

「嗯！」

「培養查某子到大學，半線錢都沒賺就嫁了，真是算不合。」阿木嬸說：「像我們，哪有錢栽培查某子？」

「大學生就喜歡登山，前幾天電視又廣播幾個大學生迷失在山裡，用直升機都找不到，我看一定死了！」仙助嬸把話題轉到登山：「阿春，我看也該吩咐秀菊不要隨便去登山！」

「登小山不會有事的！」阿來嬸笑道：「秋琴呀！不要不識假內行，人家會笑你草地俗的！」

大家都笑了。

「德仔！你阿母可以享福！真好命！」阿木嬸有著說不出的欣羨：「像我，還在拖老命。我和她可是一般年紀哪！」

「享福？」他淡淡笑著：「還早呢！」

「生那麼一個好的孩子，吃穿都可靠他，還有什麼好煩惱？」阿來嬸接著說：「可以曲跤撚喙鬚了！」

「曲跤撚喙鬚嗎？」他不禁笑出聲音來。

「德仔，你笑啥？」阿來嬸問：「難道我說錯了嗎？」

「你阿母確實比我們好命！」阿木嬸接著說。

「我阿母哪有喙鬚好撚？」他故意轉彎抹角。

「德仔你不要那麼直好不好？」妻子瞪了他一眼。

大家都笑了。

他洗洗手，站了起來。

一陣暈眩，險些跌坐下來。蹲得太久，腳竟有點酸麻麻的。

帆架已經搭好，桌椅也已擺好。親朋也漸漸湧來，有些人已聚著一堆說笑。

已經可以感覺出喜氣所慣有的熱鬧氣氛。每個人都掛著一臉笑。

他向每一個來吃喜酒的親朋遞菸、點菸，同時噓寒問暖一番。

太陽好耀眼，是個大好的日子。他的額頭冒著熱汗，心裡卻是愈來愈高興。大哥結婚能不高興？

「新娘來了！」

幾聲鞭炮聲響起，所有人都把眼睛看往路頭去，小孩子都追了上去。

他走入客廳，點燃一束香，等待大哥牽著大嫂進來時，好讓他們拜拜神明及祖先。

大哥牽大嫂，媒人婆把印著八卦圖的米篩遮在大嫂頭上。進入客廳，他把香遞給大哥和大嫂，自己留著幾根，跟著一起拜。

「阿爸！你交代的任務，我已完成了！」他喃喃唸著，然後把香插入香爐中。

新娘進房之後，連珠炮即響起，是開飯的信號。

他深深地吁了一口氣，如釋重擔。可不是，這一餐一吃完，整個重擔就可以卸下了。雖然為了大哥的婚事，欠了一筆不小的債，但掛心又有什麼用？掛心還是要還的。

他告訴自己：送完客人之後，要好好睡一覺！

——刊於《統一企業月刊》第九卷第一、二期　一九八二年四月

餘暉

1

五月的陽光斜照著牛稠埔村。

就要下山的太陽的餘暉，染紅了整個西天，把蒼穹點綴得很柔美。

一間低矮的平房的庭院裡，晒著一些高麗菜乾，成群的紅頭蒼蠅嚶嚶飛舞著。

有個肢體殘障的女人癱坐在門邊，用她正常的右手揮舞著一支竹棍，趕著蒼蠅。那可笑的動作，就如溺水者高舉出水面掙扎待援的手。

口水不斷從她嘴角滴落，如依然絲連的斷藕。

「來—坐，坐啦！」她對著偶爾路過的鄰居，以著結結巴巴的語調招呼，每一開口，口水就淌得更多。

「阿葉！趕蒼蠅？」有個阿婆走向她。

「是—啦！」她點點頭，傻笑著。

「免再趕啦！都快乾了。」阿婆抓起一把菜乾捏捏後，又再放下，拍拍手後，聞聞手說：「真香咧！」

阿葉只是傻笑。

「你阿娘？」阿婆走向阿葉。

「在裡—裡面！」阿葉將拿著竹棍的右手指向客廳，然後回過頭來說：「有啥事？」

「無啦！我只是順嘴問看看！」阿婆摸著腦後的髮髻說。

「阿娘！阿腰—婆來—啦！」阿葉朝裡喊著，嘴角流下更多的口水。

「免叫啦！」阿婆幫阿葉拭去口水，然後站起來：「我晚上再來找伊開講！讓伊去無閒吧！」

阿葉朝阿腰婆傻笑點頭，口水如蛛絲般滴下。

阿婆雙手背後，佝僂著身子繞過高麗菜乾，慢慢走去。夕陽把阿婆的身子拉得很長。

「擱再來—坐，坐啦！」阿葉向阿婆說。

2

彼日下午，村長輝仔帶著縣長以及一大群穿西米羅，一看即知是吃頭路的人，悄悄來到阿春婆簡陋且低矮的房舍時，她不知到底發生了什麼事，一時愣在門口，竟忘了招呼他們。

「阿春婆！恭喜你啦！你當選模範母親啦！」村長輝仔穿著一雙鞋底很高的皮鞋，跟他矮小的身子很不相稱，給人的感覺好像是踩著高翹。一進門即牽著阿春婆的手向她不停地恭喜：「是我替妳申請的呢！今天縣長特別來看妳！」

「縣長？」她不敢相信那是事實，兩眼盯著站在村長輝仔旁邊那位戴眼鏡，看起來很斯文的中年人看。

「是啦！我是縣長！」縣長推推鼻樑上的眼鏡，然後握著她的手說：「歐巴桑！恭喜您當選模範母親。」

「什麼叫做模範母親？」她把臉看向村長輝仔。

「模範母親就是教養子兒教養得真成功！」村長輝解釋著。

「我教養囝兒真成功？輝仔！你沒申請錯？」她看看一直咧著嘴在笑的村長輝仔，然後指著牆角的阿葉說：「飼阮阿葉叫做成功？若要講成功，石鐵嬸才算成功，兒子都讀大學！」

一時，所有的眼光都看向縮在牆角的阿葉。原先阿葉是抬頭淌著口水驚奇地看著這群人，一看到那麼多的眼光注視著她，竟把頭埋得低低的。

「妳是阿葉？」縣長走了過去，蹲下來問。

阿葉點點頭，羞澀地。

「妳阿娘對妳好嗎？」縣長牽著她的手問。

「好！好！」阿葉點點頭，臉上顯現些微的傻笑，口水由嘴角滴下：「真好！」

「每日替妳洗身體、換衫，是不？」村長輝仔蹲在縣長旁：「阿葉！妳共縣長說！」

「是—是啦！」阿葉點點頭。

「若無阿春婆，阿葉不知要變成啥款？哪會親像人？」不知何時竟圍攏了一大群的村人，擠在看熱鬧的村人堆裡的阿村嬸說：「若換別人，一定規身軀癩痦爛瘩。」

「是啦！縣長！阿春婆確實真歹命！」村人旺仔說著，遞給縣長一根壓得綯綯的長壽菸：「厝邊頭尾都知道伊艱苦！」

縣長有禮地推辭：「我不抽菸！多謝！」

「敢會是棄嫌種田人的菸臭土味？」旺仔把菸捏平後，又遞了過去：「抽一支啦！有啥好客氣呢！」

「縣長真的不抽菸啦！」村長輝仔對旺仔說：「我常跟縣長在一起，最了解縣長了，他真的沒抽菸！」

村長輝仔一副小人得志的樣子，臉上掛著阿諛的笑。

一傳十，十傳百，村人愈圍愈多，大家都想一睹縣長的廬山真面目。選舉的時候，縣長的宣傳車只來村裡繞那麼一圈就走了，本人沒來。村長輝仔告訴大家投誰，他們就投了。他們對縣長的印象，就是選舉公報上的相片。現在這位他們投票給他的縣長來了，大家對這位大人物充滿好奇，紛紛想看他生做圓還是扁。

——比相片還年輕呢！

——真是有做官人的樣，像我們，一看就知道是種田人。

——聽講縣長真有學問呢！

人群中議論著對縣長的第一印象。

阿春婆對眼前的情景，竟不知所措起來，找了老半天，才找出一張矮竹凳來：「一時竟忘了請你坐！」

「免多禮啦！歐巴桑，我們一下子就走！」縣長滿臉都是笑。

「是啦！阿春婆！縣長真無閒，他等一下又要趕去別的地方！」村長輝仔拿開阿春婆手中的椅子，然後悄悄對她說：「縣長是什麼人？坐這種椅子，能看？她辦公時坐的都是膨椅呢！」

「沒什麼好招待，真歹勢！」阿春婆歉意地說，她對自己一無所有的家，呈現在縣長面前，一直感到不自在。

「我帶一塊匾仔來送給您！」縣長說著，一起來的人早就把用報紙包著的匾額拆開了。

「送給我作啥？」阿春婆有點不知所措。

「感念您的偉大呀！」村長輝仔說。

「我有啥偉大呢？」她問。

「飼阿葉，又養育兩個查某孫仔，做了兩代的老母，這不算偉大，什麼算偉大？」縣長說著，就把匾額送到阿春婆面前。不知所措的她，竟把手往後閃開，不敢去接。

「你拿這邊，縣長拿彼邊，翕一下相留念，新聞記者要刊報紙的。」村長輝仔叫阿春婆用手捧端著匾額，然後對圍觀的村民說：「閃卡開些！要翕相！」

然後一大堆的記者把照相機壓得恰恰響。偷偷瞄了一下擠出一臉笑容的縣長，她不敢相信那是事實。縣老爺跟自己一起照相，那是想都不敢想的事。村長輝仔站在她旁邊，露出一口金牙，兩顆錢鼠目笑成一條線。

「來！縣長跟阿葉做伙翕一張！」村長輝仔指揮著。

「是啦！阿葉做伙翕才有意義！」旺仔吐出一團濃濃的煙說。

阿春婆不知應該擺出什麼樣的表情，她只覺得面向夕陽的眼睛刺得很難受，她無法適應頻頻亮起，像閃電般的閃光燈。

「刊在報紙，不得了哪！」村人水生說：「阿春婆出名嘍！」
「出名有啥路用？還不是仍要靠政府和家庭扶助中心的救濟！」旺仔嘆道。
「你是不是在嫉妒別人上報紙？」一個村婦揶揄著旺仔。
「上報紙不一定光彩呀！像永全的某秋枝討客兄，不是也上了報紙？」旺仔說：「妳如果想上報紙，妳就去討個客兄吧！」
「要死啦你！死沒人哭的！」村婦咒罵著。
圍觀的村人都笑了。

3

隨著日子的消逝，縣長來阿春婆家的事，漸漸被村人淡忘，不再是村人茶餘飯後的話題了。可是，阿春婆卻無時無刻不打開她記憶的匣子，播放多舛一生的片子。
這段時日裡，她時常對坐著那塊匾額，往往一坐就是半天，總是搖頭輕嘆著：「彼種日子！唉！」
二十一歲那年，阿爹把她許給楊家。
「咱窮得連鬼都怕，有人要娶咱，已經要暗笑了！」拿著包袱就要離家時，爹對她說：「既然出世在咱兜，只有認命。」

「阿春！妳要好好奉待婆婆！知道嗎？」娘眼裡都是淚：「做人的媳婦不比做查某子。」

「阿娘！我知道！」她早泣不成聲。

「阿爹什麼都沒給妳，妳不怨阿爹吧？」爹蒼老的臉帶著愁苦的歉意。

「厝內窮，我會不知道？」抱著阿娘，竟嚎啕起來。

「嚎什麼？查某子菜籽命，隨便撒隨便活！」爹一旁說，眼裡卻閃爍著淚光。

她就像菜籽般，在娘的依依不捨的淚水裡被撒出去了。誰知相處僅五年，丈夫即留給她二個女兒及一間臨時用茅草搭蓋的房子而先離去了。

「阿春！妳一定要答應我，為了兩個孩子，妳一定要找個人再嫁！」丈夫用他乾癟的手搖著兩眼都是淚的她。

「再嫁還不是一樣！」她哽咽地說：「人家講斷掌查某守寡，是我剋死你的。」

「這是我的命，哪會是妳剋死我的？隔壁看風水的阿村伯替我拆八字，就說我活不過今年，這是我的命！哪能怪妳？」從未掉淚的丈夫竟也哭泣起來：「妳算算看，妳才二十六歲呢！」

她只是猛搖頭流淚。丈夫兩眼一直看著她，直到嚥下最後一口氣。

她呼天搶地，丈夫回報她的卻是一身的冰冷。

帶著未乾的淚痕，隔天，她就到農場去打工，賺取微薄的工資維生。上有婆婆，下有兩個女兒，這麼沈重的擔子容不得她再做什麼考慮了。

事隔一年，她仍沈在喪夫的哀痛裡，卻在婆婆的意思下，招了贅。

「我想替妳招個尪。」丈夫順仔死未滿一年，婆婆突然提起想叫她招親的事。

「阿娘！我不想招尪。」她一直不贊成這件事。

「為啥麼？」

「斷掌查某守寡命！我不願再悲傷一次，我寧願苦點。」她說：「我們生活雖清苦，忍耐點也就好了。」

「妳是一個查某人，沒一個男人好依靠，怎麼可以？我年紀也大了。」

「我相信我可以撐得住的！」

「人的身體不是鐵打的，萬一有一天妳倒下來了，阿葉他們姊妹怎麼辦？」婆婆說：「我已老得不能再勞動了，唉！人一老就沒中用！」

婆婆說的並沒錯，她無法辯解。同時，她也確實體會到沒有丈夫而遭受別人淩笑的痛楚。

只要有哪個男人到她家裡走得頻繁點，大家就傳言說她討上了某某人。在農場打工，她總是自己一個人默默地工作，不大跟人打交道。

「泉仔！你昨晚去阿春厝裡幹什麼？」同伴黑狗財仔故意把取笑泉仔的音調提高，好讓她聽到。

「沒啦！是我阿娘叫我提一斗米去給阿春他們！」泉仔辯解道。

「免假仙啦！誰不知你送米是放長線要釣大魚！」

「真的啦！我米提去，連坐都沒就回來了！」

「不然壽仔說你進去很久。」黑狗財仔說：「看你古意古意，想不到歁歁吃三碗公半！」

「別聽他黑白死吐！我看是壽仔想……」泉仔發覺話說錯了，連忙住了口。

「莫非壽仔你也想吃吃甜頭！」黑狗財仔說。

「幹恁老爸！黑狗財仔你看我壽仔是彼款人？」壽仔停下手中的鋤頭：「我壽仔可是清清白白的人哪！」

「壽仔你也不自己照鏡看看，真是癩蛤蟆想吃天鵝肉！」黑狗財仔說。

大家都曖昧地笑了。

「幹！黑狗財仔我們是好兄弟，掀腳底皮給人看沒關係，但是傷了阿春就歹勢了。」壽仔壓低聲音說。

「噯呀！沒啥啦！敢講你不毋甘？」黑狗財仔又把聲音揚高了。

「人丈夫才死沒多久！」壽仔把聲音壓得更低。

「你以為查某人都那麼認命？你敢說她不會想彼種代誌？」黑狗財仔故意讓話傳入她耳裡。

大家都曖昧笑了，笑聲帶著猥褻。

「幹恁老爸！黑狗財仔你是瘋了？我看你是太久沒去黑美人茶店抱大塊頭阿美了！」壽仔咒道。

「被你料到了，這段時間賭輸，都快走路了，哪有錢去找阮心肝阿美相好一下？」黑狗仔咧著嘴笑著說，接著嘆口氣：「幹佪娘！最近手氣不順！」

「去開查某解解運！」壽仔說。

「我也是這樣想！」

「歹子浪蕩，也不趕快娶個某，到現在還是羅漢腳！」阿榮嬸數落著黑狗財仔。

「聽說阿春要招尪，阿榮嬸怎麼不牽我去？」把音調提得特別高。

大家把眼睛看向阿春，要看她反應如何。她卻什麼反應都沒有，仍低頭揮動著鋤頭。

「天下查埔都死光光，她也不會嫁你！」阿榮嬸氣憤地說。

「別講得那麼難聽！」黑狗財仔笑說。

「又不是衰八擺，招你這款人來做尪！」

大家都笑了。

「不壞啦！嫁我不壞啦！歹歹尪吃不空！」黑狗財仔愈說愈忘形了：「阿春若招我，我一定共伊痛命命！你沒聽說歹囝痛某！」

「卡早睡卡有眠！」阿榮嬸罵道：「枵狗數想豬肝骨！」

她卻只能把頭埋得更低，讓眼淚濡濕包住臉的巾子，讓那些話把心刺得滴血。

她卻只能吶喊著：死了丈夫就該接受這些凌辱？

除了阿榮嬸，沒有人替她說話，大家都在看熱鬧，好笑之處就邪門地笑幾聲。

「阿春，守寡不是辦法，我看妳還是找個人嫁，或是招尪！」阿榮嬸總是如此苦勸她。

「可是順仔才死沒多久……」

「沒人會笑的！為了生活，有啥辦法？」阿榮嬸說：「沒個男人做主不是辦法，而且要受人冷言冷語。」

「這麼一個包袱，有誰要？」她嘆口氣說：「二個查某子，還有一個婆婆！」

「我幫你探聽看看有沒有歹命人。」

「除非是肯打拚的，不然我寧願不要。」

「當然嘍！我阿榮嬸敢會隨便找？」

就在阿榮嬸從中幫忙下，她招了親。而跟後夫旺吉一廝守竟是四十餘年，直到五年前旺吉才去世。

他的斷掌雖沒剋死後夫，不必再受喪夫之痛，但卻一直沈浸在喪子的哀痛裡。長男及三女在二次世界大戰時美軍空襲臺灣，躲在床下同時被炸死；么女兒在小時候病故；次子在二十歲時肝癌去世。只剩下自小即因小兒麻痺而變得癡呆的次女阿葉。白髮送黑髮，是人生最大的悲傷。接二連三的喪子之痛，她哭乾了淚。後夫沒留下半句話就去世時，她抱著他冰冷的軀體，喑啞地哭著：「放下我該怎麼辦？老天只給我們兩個兒子，卻又喚走了他們，我該怎麼辦？」她紅腫的雙眼，已流不出半滴淚。

自從孩子一個個去世之後，她把希望寄託在阿葉身上。阿葉還小的時候，她時常揹阿葉去工作場旁，讓她躺在地上看一個下午的天空。長大之後，她再也揹不動她，只能有時陪她在屋外看看夕陽。

「我想替阿葉招尪。」有天夜裡，躺在床上，她對丈夫說。

丈夫沒回答。

「孩子一個個走了，香菸沒傳沒關係，但是我們走了，誰來照顧阿葉？」

「會有人要娶阿葉？」丈夫說：「除非對方也和阿葉一樣……」

「如果這樣，豈不又多了一個叫人放心不下的人？」想到這裡，心都涼了，她不再存任何希望了。

「那要靠運氣了。說不定能碰到也不一定。」

「我們什麼都沒有，還會有什麼希望？」起先她是滿懷希望的，經丈夫一分析就恍然大悟了：「如果說我們很有錢，說不定有人還會考慮考慮！」

「這件事是急不得的，慢慢來吧！」丈夫安慰她。

終於被他們等到了，村子裡來了一個四處求乞的外地人，微駝著背，全身穿得破破爛爛的。

「那個乞食來給阿葉做尪，怎麼樣？」她興奮地徵詢丈夫的意見。

「人家若不棄嫌就好了，我們哪有資格去挑？」丈夫淡淡地說。

「怎麼去跟他說？」她問：「你去？還是我去？」

「當然是央求專門做媒的阿日嬸去了。」丈夫說：「我們哪可那麼大面神？萬一被拒絕，多歹勢！」

在阿日嬸的牽線下，十七歲的阿葉終於在沒有聘金與儀式的精簡情形下與整整大她十九歲的乞食被「送做堆」。

可是，一切並沒有因阿葉招了女婿而變得較改觀，她仍然每日操勞著。阿葉的丈夫都只顧四處去行乞，什麼事都不管。連阿葉生產，都是她抱著她上車，送往附近的基督教醫院生產。

禍總是不單行的，丈夫五年前去世，女婿也跟著在三年前去世。阿葉把眼睛哭腫了，她也抱著兩個孫女兒跟著哭。

唯一的希望就在兩個孫女身上，她希望能把她們養到成年，好接替照顧阿葉，這樣她死才能瞑目。

「請保祐我兩個孫女健康！」每天清晨，她都持香站在先夫牌位前喃喃禱告。

4

阿春婆注視那塊高懸在臥房的匾額，已經是一段好長好長的時間了。

「良母典範」四個耀眼的金字閃著光芒，半個字都不識的她，當然不是在欣賞那蒼勁雄渾的筆勢，她是沈緬在痛苦的往事裡。

「阿娘！阿娘！緊——出來啦！」門口的阿葉看著小女兒遠遠放學回來，隨即興奮朝屋裡喊。

「什麼事情？」阿春婆從回憶中驚醒，急忙衝出來。

「秋燕！放學─返來─啦！」阿葉指著遠處的秋燕傻笑著，口水沿嘴角流下來。

她迎上去：「秋燕！」

「阿嬤！」秋燕跑向她，她牽著秋燕的小手。

「秋──燕！」阿葉向女兒招手，帶著一臉傻笑。

「阿娘！」秋燕奔向阿葉，用手帕替她母親拭去口水。

阿葉替女兒摘下小黃帽，替她拭著額頭的汗。

「阿姊？」秋燕拉著阿春婆的手問。

「去同學家寫字。」

望著即將躍入西山的太陽，再看看還這麼小的孫女，不知何時才能把她們養大？她不禁輕輕嘆了口氣。

「阿嬤您為什麼吐大氣？」秋燕問。

「沒什麼啦！」她摸摸孫女的頭：「太陽就要落山了！」

──刊於《統一企業月刊》第九卷第三期　一九八二年六月

大樹伯

1

放學途中，我和旺仔走在魚塭的小徑上。

「旺仔！下午我們去林投林捉鳥仔，好不好？」我停下腳步，回頭對身後的旺仔說。

旺仔彎腰側身把手中的小土塊擲向魚塭，土塊在水面上凌波跳動，像蜻蜓點水般，四五下之後，就沈入水中了，只剩水面圈圈的漣漪泛著。

「我的技術不錯吧！」他沒回答我，用手擦擦額頭的汗。

「上次我們發現那窩無尾鶺鶉的卵，一定孵出小鳥了。」我說。

「下個禮拜再去吧！」旺仔用袖口揩去兩管黃濃的鼻涕。

「為什麼？」我問，然後說：「如果這個禮拜不去，恐怕會飛走了。」

「應該不會那麼快才對！」旺仔答：「下午我要去看大樹伯跳童。我們下個禮拜再去吧！」

「大樹伯要跳童！誰說的？你有講不對無？」我不相信。

「這件事全村大小都知道，你莫要假仙不知啦！」旺仔笑著說，露出兩排黃黃的牙齒：「阮阿爸昨晚去廟裏聊天，突然大樹伯嘶嘶衝進廟裏，在神案前咿咿呀呀說著，阿福伯給他喝了開口符後，他說王爺公要收他當童乩。」

大樹伯曾經親口告訴我，他不再當童乩了。為這件事，我高興了好一段日子，因為，每次看見他用鐵球把背部扎得血跡斑斑，或是用鯊魚劍把額頭剖得血一直流滿整張臉時，我在一旁總是擔心他瘦老單薄的身子能忍受得了那些苦痛？雖然事後，阿福伯用符水噴灑他的傷口，傷口就自然癒合了，但我仍是禁不住要為他擔心。

「他不是不再當童乩了？」我不相信那是事實。

「昨夜他說王爺公認為只有他才能傳達祂的旨意，他要在今天下午在廟埕跳童。」旺仔說：「下午我們一起去廟埕好嗎？」

我沒回答旺仔。

大樹伯怎麼會要再去當乩童？不可能的，旺仔一定是聽錯了。吃過午飯後，我要去問問大樹伯看是不是真的。

我把一粒石塊狠狠踢入魚池裏。

2

大樹伯不跳童之後，就成了我的好朋友。

他家屋前的那棵粿葉樹下是我們聊天的地方。他會說一大堆的故事給我聽，也教我畫圖。那時候，他還沒有出名。

「有一天，我會大大有名，你相信？他抽著菸，看著一望無垠的魚塭：「我大樹仔可不要永遠是一欉戇杉！」

「有名？」我聽不懂他的話意。

「像我們這裏出身的陳水螺先生！」他彈彈菸灰：「陳水螺先生你知道吧！」

「阮阿爸告訴過我，他要我向陳水螺看齊。」我看看大樹伯，接著說：「水螺伯是做官，大樹伯您沒做官，怎麼有名？」

「我要靠我的圖出名！」大樹伯看著我，他的兩眼充滿自信。

「您的圖？」我驚訝不已。

大樹伯教過我畫圖，他畫的都是人物，像布袋戲的尪仔。他稍稍一教我，我就學會了，簡單得要命，而且我覺得我畫得比他還好。可是，當我在美術課裏畫這種圖交出去時，老師給我的分數是一顆鴨蛋和兩根筷子，還當著全班的面前問我畫的是什麼狗屁東西，他說幼稚園的小朋友都畫得比我還好，害我羞得想找個地洞鑽進去。

我是相信老師的話的，老師的話都不會錯的。老師是美術科畢業的，他的眼光錯不了。我總是覺得大樹伯這麼老了，還畫小孩子畫的畫，不被笑死就已經很阿彌陀佛了，他還想出名。

「石頭仔！你不相信我會出名？」大樹伯以咄咄逼人的眼光看著我：「你對我一點信心都無？」

「相信是相信，不過阮老師……」我支吾其詞，把溜到嘴邊的話又嚥了回去。

「老師怎麼樣？」

「無啦！」我慌忙搖搖頭，把眼光移開：「是啦！你會有名，像陳水螺一樣。」

「王爺公曾經跟我託夢，說我會有名，我自己也有這份信心！」他喃喃自語著：「真的！我真的會大大出名！」

我開始有些擔心，會不會是大樹伯瘋了？怎麼和他在一起，沒說幾句話，他就重複著要我承認他會出名呢？

於是，我去他那裏的次數減少了，因為我曾經從他突然把我抓起丟進魚塭裏的惡夢中驚醒過來，我也害怕著他會突然拿著菜刀追殺我。

3

沒多久，大樹伯果然出名了。一夜之間，「林大樹」三個字被全世界的人知道了。跟布袋戲裏說的一樣，大樹伯「金光強強滾」，瑞氣千條，不但轟動武林，而且驚動萬教。他帶著所有的畫去臺北開「畫展」，每天的報紙都刊著他的消息。他刊在報紙的那張相片就是戴著他平常戴的那頂鴨舌帽，他張著沒有牙齒的嘴笑得很開心。

大樹伯出名全世界的消息，成了村裏茶餘飯後談話的題材。大樹伯剛從臺北回來，我就去找他。路過店仔頭，一夥人正在談論著大樹伯。

——大樹伯竟然出名了！

——真是不簡單！

——有什麼了不起嘛！畫那種尪仔？有啥稀罕呢？

——進丁！不是我說你啦！別人出名，你不免面紅啦！我看你連筆都不會拿呢！還想畫！

——……

我到大樹伯那裏，他正在整理他的畫，一幅幅重新掛在屋子橫樑的鐵釘上。

「大樹伯！不簡單哪！您真的出名了，報紙每天有您的相片呢！」我跨進門檻就說。

「我說會出名就會出名，沒有錯吧？王爺公託的夢絕對不會錯！」他笑得很滿足。

「聽說您在臺北真轟動！每天都有萬餘人去看您的畫！」我問。

「參觀的人實在真多，像螞蟻一樣，他們總是問我為什麼要那麼畫，問我有什麼用意？我回答得嘴都痠了。」

大樹伯笑得合不攏嘴：「有些人還要我簽名，石頭仔！你知道我大樹是不識字的，怎麼簽名？我都只畫一棵杉樹，他們說那比簽名更有意思，你說好笑不好笑！」

「有人猜測這次您去臺北一定賺不少回來。」我問他。

「賺錢？賺魔神啦！」他的態度一百八十度大轉變，重重吐了一口氣。

「您的畫都被印卡片了。」我從口袋掏出一張哥哥在城裏書店買書時贈送的書卡給他。

「不要講這些了！」他把卡片狠狠撕破，往地上一拋，紙片紛紛飄落。

「講到這些我就受氣，幹！」他把裝畫回來的紙箱踢出門外：「生意人沒一個有良心的。」

「他們沒給您錢？」

「連講都沒講，就把畫拿去印卡片，又印畫冊，看我莊腳人不識世面，吃我到到。」他劃亮火柴，猛吸著菸：「幹！無天無良！」

4

——大樹伯一定是瘋了！

村人都這麼傳言著。

他從臺北回來後，沒多久整個人都變了，不太喜歡跟人講話，更叫大家想不通的是，他把家的牆壁都畫上了他的畫。

「畫這些做啥？」我站在他身旁看他一筆一筆地畫。

「石頭仔！你還細漢，告訴你，你也不懂。」他自顧畫著：「我要讓自己生活在自己的畫裏……」

「畫成這樣，不像是人住的，有點像幼稚園。」我說。

「像幼稚園最好，我就是在幼稚園讀冊的囡仔！」他喃喃自語著：「我畫中的人是最可以信任的，他們不會欺騙我，我要跟他們生活在一起，才會覺得活得有意義！」

我聽不懂他的話，但我不敢問。

還有，他那扇用鉛板釘成的門，每天都換上一張新畫。

「大樹伯不四鬼，畫人在放尿！」有次他貼著一張人在小便的畫，連器官都畫出來，撒出的尿，一滴滴落在地上。

「石頭仔，這是最有名的畫家林文樹所畫的，怎麼可以這麼說呢？」大樹伯指著自己笑著說：「林文樹是鄉土畫家哪！」

「屧鳥看現現，袂見笑！」我羞他，什麼叫鄉土畫家，我根本不懂。

「這是藝術哪！你知道啥！」他呵呵笑得很開心。

「什麼是藝術？」

「藝術？等你大漢就知道，現在要講讓你識，喙鬚好打結！」

第二天，報紙刊出了這張叫女生看了都要臉紅的畫，說林大樹的畫風慢慢在改變。我不知什麼叫畫風，哥哥說是畫家的風格，風格我更是不懂了。我問哥哥風格改變是好還是壞？哥哥說通常改變都表示進步，聽後，我笑了。

有一次我去，大樹伯剛好貼上一張新畫，他告訴我那張畫包含著一個字，要我猜猜看。

「石頭仔！你讀冊識字，猜看看是什麼字！」大樹伯一臉神秘。

我端詳了老半天，看不出個所以然來：「告訴我答案吧！我猜不著！」

「我沒唸書，我怎麼知道！」他賣關子。

「是你畫的，哪會不知道？」我說：「好像……哎呀！什麼都不像，不猜了。」

「你看像不像鳥？」大樹伯微笑著。

「像！像！我怎麼沒想到鳥？」我搔搔頭笑著：「我覺得還是您的人畫畫得最好，您這張畫得不好。」

「不好有什麼關係，識畫的人太少了。只要成名，什麼狗屁東西都是好的。」大樹伯說：「如果我沒出名，人家連看都不看，有時還會懷疑我是不是發瘋了呢！」

5

八月，來了一陣颱風，把大樹伯的房子吹倒了一間，他變得更加沈默，也因此病倒了。不知從哪裏，他弄來一頂高中生的帽子和一個書包，躺在病床上還戴著大盤帽，雙手緊抱著書包。他告訴記者說他要唸書，說什麼不識字的青盲牛真艱苦。這個新聞傳到村人的耳裏後，大家開始暗罵大樹伯：

——吃老才想出疹，有啥路用？

——棺材都已快艛完，還想讀冊，真是笑破人的喙！

——一定是起神經啦！

——……

老老少少都數落著大樹伯，我對他竟有些同情了。可是，最叫人不諒解的是他想娶細姨，連我，都有點討厭他。說什麼想娶一個大學畢業的細姨，大學畢業的女孩有誰會嫁給他呢？

村裏對這件事議論紛紛，男人對這件都笑笑說大樹伯瘋了，女人卻都用很刻薄的話罵大樹伯。

——枵狗數想豬肝骨，也不照鏡看自己多老了。臉皮的皺紋都可夾死蒼蠅了，還想娶細姨！

——一點天良都無，伊某透早就去魚塭幫人牽魚，水是冷酸酸哪！沒想到大樹的心比水還冷！

——真是老番顛，老不休！娶細姨敢真是那般好？

他對娶細姨的事情真的很認真，這可由他準備了自認價值連城的三幅畫得到證明。他時常對我炫耀那三幅畫，他說一幅當聘金，一幅給媒人婆，一幅送對方。

「為什麼要娶細姨呢？」我問。

「我這些畫沒有人來整理怎麼行？」他支撐著身子走進那間除了一張用木板釘成的桌子外，就是掛滿他的畫的房間：「這些畫價值連城呢！」

我注意看那些畫，真的沒人整理不行，好多張重疊掛在一起，像百貨店的衣服。靠近屋頂的地方，那些不識寶的蜘蛛竟在上頭結網，簡直是開玩笑嘛！

還有，這間看起來像紙糊的房子，萬一雨水滲進來，這些畫就全部報銷了。

「沒有人整理真的不行。」我狠狠捏死一隻蜘蛛。

「所以，我才想到要娶細姨！」他感嘆地撫摸著一幅畫：「我要娶細姨是有苦衷的，不會要娶來睡覺用的。」

「有細姨整理，沒房間擺畫也是沒有用。」我說：「有房間的話，就是大樹姆也會整理。」

「大樹姆，查某人腳手粗魯爬爬，叫伊捲幅畫，都捲得亂七八糟，伊哪會整理？」他收拾散放在桌上的筆和色彩。

「我覺得你應該起一間房子。」我說：「對啦！大樹伯，陳水螺不是說要蓋一棟樓仔厝送您嗎？怎麼沒消息了。」

那時，報紙一刊出這個消息，全村的人都說大樹伯出頭了。

「我拒絕了！」大樹伯說。

「為什麼？」我問：「住樓仔厝是享受哪！莊內有錢的人都起樓仔厝。」

「住樓仔厝，我住不習慣，吃老沒力爬樓梯！」大樹伯搖搖頭說：「去臺北開畫展時，我住在旅社，整個房間連半個窗戶都沒有，像鳥籠一樣，沒有新鮮的空氣，吹冷氣吹得腳都快起風濕了。」

「有冷氣吹有什麼不好？」

「石頭仔！你不知啦！無日頭光、空氣，比死卡慘哪！在臺北時，我整天頭昏昏腦鈍鈍，抱著包袱想回家，他們不讓我走。」大樹伯說：「還有，坐彼種便所，我半天放不出來，最後蹲在上面才解決。住樓仔厝比關在監牢卡艱苦哪！」

「不喜歡住樓仔厝，可以把現在的厝拆掉重起呀！」我說：「大樹伯您怎麼那麼戇？」

「早就想過啦！但是地皮不是我的，是阿通他們的。」大樹伯摸摸我的頭苦笑：「他們是看我住了這麼多年，不好意思趕我走，如果我再起新厝，不是黑卒吃過河嗎？萬一他們告我侵佔，我不是要去坐牢嗎？」

「阿通跟我最好，我去跟他阿爸說，他們不會告您的。」我仰頭看著大樹伯。

「囡仔人識啥？別把事情想得那麼天真！」大樹伯嘆口氣：「你還小，不知道的事情太多了！」

6

到大樹伯家時，他坐在門檻擦鯊魚劍。

我靠牆壁站著，看著他一遍遍擦著劍，他好像沒有看到我來。

「幹！怎麼擦不光？」他狠狠把破布擲向牆角。

「大樹伯！您真的……」我怯怯地問，他擦鯊魚劍已是要當童乩的最好證明，可是我仍不願那是事實。

「還會有假的？」大樹伯把劍往地上一擲：「下午到廟埕去看我跳童，我要當王爺公的童乩。」

「您不是說不再當童乩？」我仍存著一絲希望。

「不當童乩，我吃什麼？」攤開兩手，無奈地說。

「可以賣您的畫呀！」

「賣畫！愛講笑！臺北開畫展那次，一個阿啄仔，阿啄仔你知道吧？」他低頭問問我。

我點點頭：「美國仔啦！」

「目瞷濁濁的就是，說要全部買下我的畫，開價多少你知道？幾佰萬哪！我都沒賣了，現在更不要說了。」大樹伯握著拳頭：「賣畫？那簡直是要割我的肉！」

「不然您留那些畫做什麼？積了一房間，沒有整理，被蟑螂、老鼠咬破不是太可惜了？」

「沒人識我畫，我賣畫做啥？燒掉，火還會為我鼓掌說幾聲好呢！」大樹伯忿忿地說：「沒有人曉得我的畫！」

我在一旁不知該說什麼。

「只有王爺公了解我！」摸摸我的頭：「石頭仔，你說，我多悲哀？只有王爺公了解我！」

看看地上的劍，再看看大樹伯無助的臉，我眼前浮現大樹伯被鯊魚劍割開的額頭正汩汩流淌著血，於是拔腿就跑。

「石頭仔！你是按怎？」大樹伯追出來。

我沒理他，一直跑到魚塭才停下來用走的。仍隱約可以聽見大樹伯的聲音：「下午要來廟埕看我跳童呀！石頭仔！不要忘記啦！」

等我回頭去看，大樹伯已佝僂著身子，正要走回屋裏，我覺得他的背影好孤單，抑壓不住，我坐在魚塭的土堤哭起來。

——刊於《統一企業月刊》第九卷第五期　一九八二年十月

再來一杯米酒

1

臉都沒洗，一口氣衝到碼頭，弟兄們都已在等他了。

平常，他都是最早到的，坐在船碇上抽菸，看那污黑的海水出神。

「大家早！」他揉揉猶惺忪的睡眼，擠出一絲笑容。

「幹！大柱，我以為你死了呢！」平素喜歡開玩笑的黑面仔往地上吐一口檳榔汁，嘿嘿笑問。

「黑面仔！不是我說你，大家最擔心你一睡不知起床呢！」烏肚仔說：「自身難保，莫再煩惱別人！」

「我黑面仔這麼勇健，牙齒都沒掉半顆，會死？烏肚仔，你真是愛講笑！」黑面仔拍拍胸脯後，張口指著被檳榔汁染成黑黑的牙齒說。

「你每晚都要含著一口檳榔才能睡去，像囡仔含奶嘴一樣。」黑肚仔說到這邊，先笑了：「萬一不小心，就會被哽死！」

「破格！烏肚仔你真是烏鴉嘴！」黑面仔狠狠吐掉口中的檳榔渣。

大家都笑了。

「歹勢啦！」他趁笑聲甫落定，歉然地說：「睡過頭了！」

大家沒再說什麼，抽菸的仍抽菸，嚼檳榔的仍嚼檳榔，剛才聊天的，仍回到未完的話題上。

「有幾櫃肉骨粉要改裝成袋裝，做完了就沒工作了！」看大家手中的菸快燃完時，為首的昌仔提高聲調說著：「現在開始猜拳，五個負責鏟，五個負責拉麻袋，其餘的人負責扛到卡車上。」

大家慵懶地站起來，將手中的菸深深吸了最後一口，直到幾乎燒著手指頭，才丟掉，用腳狠狠踩熄，從鼻孔把煙緩緩噴出的同時，也把檳榔渣吐掉。

圍成一圈，一聲吆喝後，昌仔忙著數指頭數，誰該擔任什麼工作就分曉了。

「幹！真衰！又是輪到扛，運氣真歹？」牛頭旺仔邊把毛巾紮在額頭上，邊咒著：「做完後，全身的肉骨粉味不知要用幾盆水才能洗掉。」

「扛有什麼不好？我在貨櫃裏鏟，才難受呢！像煎魚一樣！」樹仔邊脫去汗衫邊說。

「煎魚？」牛頭旺仔說：「把它想成是在洗泰國浴就好了，心裏就爽得要死，哪還會熱呢！」

「我們換好了，讓你洗洗泰國浴！」樹仔說：「你不是好久沒去洗泰國浴了？」

大家都笑了。

「大柱伯！我跟你換，你去拉麻袋好了！」看到他只著內褲的瘦削的雙腳，彰仔總是不忍。
「免！我還有法度！」他苦澀笑著。
「大柱伯……」
「彰仔！多謝你！我真的還有法度！」他拍拍彰仔雄厚的臂膀：「扛不動的話，我就不會來了！」

2

陽光愈來愈潑辣，紮在額頭的毛巾都濕得可以擰出汗水來了，褲子裏外都濕透了。
他覺得今天的腳步特別沈重，想快卻都快不起來。
「緊！緊！卡緊！」快步從後頭趕來的黑面仔催促著他：「就要收工了！」
「黑面仔，你是趕要死？今天又不是還有工作！」烏肚仔說：「慢慢來啦！那麼拼，幹什麼呀！」
「緊做完緊休息呀！」黑面仔已和他及烏肚仔平行走著。
「我看你是想要緊去醉仙樓找老相好解敨一下吧？」烏肚仔打趣地問。
「答對了！」黑面仔模仿電視猜謎的節目的語調，嘿嘿笑出聲來。
「是叫麗玉吧？」烏肚仔看著黑面仔：「對你還那麼熱情？」

「熱情？當然熱情嘍，伊是趁吃查某，誰有錢就對誰熱情。」

「我看不是這樣，我感覺伊對你的態度和一般人客不同！」

「烏肚仔！你今天是看到鬼？還是吃不對藥？」

「真的，伊對你有感情存在，我看得出來！」

「感情有啥路用？我是羅漢腳一個，趁一日吃一日，什麼都無，對我有感情有啥路用？」搖搖頭苦笑：「你哪會知道伊對我有恰意呢？」

「你忘了我曾和你一起去醉仙樓？你叫麗玉，我叫秋心陪酒？」烏肚仔靠到黑面仔身旁：「從伊的眼神，從伊對你的體貼可以看出。」

「我是看得出一些，但娶某好是好，不過太無自由！」黑面仔把肩上的肉骨粉拋上卡車：「像大柱仔，以前伊某還在的時候，我們要他一起去風流一下，都要偷偷摸摸。我什麼時候想去就去，怎麼晚回家都沒人管，自由得很！對不對，大柱仔？」

他對黑面仔無奈笑笑。

「我看你今天沒啥精神，是不是昨晚去風騷了？」

「大柱不是你，他不會的啦！」烏肚仔為他解圍。

「黑矸仔貯豆油是看不出來的啦！你敢講大柱仔不是恬恬吃三碗公半的人？」黑面曖昧的眼光看向他：「大柱仔，你講，我猜對沒？」

他仍是笑笑，這是他對懶得解釋的問話的回答態度。

說起春鳳還在的那段時日，他不知是什麼緣故，三不五時總會想要去醉仙樓找桂枝。桂枝對他真是百般溫柔，還跟他說願意和他同居呢！

春鳳走後，他竟對那種事不再感興趣，也說不出是什麼原因，再也不去醉仙樓了。

——無春鳳管，是好機會呢！不必偷偷摸摸，可以愛什麼時候去就什麼時候去，愛什麼時候回來就回來，沒人干涉！

——查埔人三不五時風騷一下，是正常的啦！何況春鳳又死了，做伙去吧！

——沒錢？沒錢我請你嘛！做伙那麼久了，沒啥計較的啦！

——水庫都要洩洪了，你不怕積久會崩堤？

弟兄們怎麼挖苦他，怎麼誠意邀請他，怎麼激他，他總是淡淡著推辭說：「沒興趣啦！你們去吧！」

桂枝來找過他好幾遍，他還是沒答應。

「以前春鳳在，我不敢強求我們同居，現在她走了，我們應該可以了吧？」

「我不想再結婚！」他淡淡地答。

「我們不必結婚，我們只住在一起就好，只要相愛，結不結婚是不重要的。」

「我不想讓妳跟我受苦。」他實在找不出理由拒絕。

「哪來的苦受？你趁多少．我們用多少，我不需求什麼，何況，我也有些積蓄。」桂枝的眼裏有淚：「我厭倦彼種皮肉生活，我想要有個清靜的日子。」

「我無法給妳！」他的語調是那麼清淡。

「你能！只有你能！」淚水沿桂枝頰邊滾落。

「我不能！我不能！」他突然咆哮起來。

「是你看不起我？」桂枝抑壓不住眼淚。

「我從來沒有看不起你。」他對自己的失態感到抱歉，語氣變得溫和了。

「你需要人照顧！」桂枝仍抽搐著。

「我自己會照顧自己的！」他不知所措地搖搖頭。

每次，說到最後，桂枝總是丟下一句：「再也不來找你了！」哭著離去。可是，再過幾天，她又來了，仍是拋下那句話哭著離去。

最後，桂枝索性就搬來同他住。他卻不是不回家，就是喝得醉醺醺地回來，一回家倒頭便睡。為什麼要把桂枝的好意拒之於千里之外？只因他一和桂枝睡一起，就有一種罪惡感，叫他心神不寧。那是春鳳還在的時候所沒有的現象，他不曉得是不是因於對春鳳的愧咎，因為春鳳去世那晚，他正好沈睡在桂枝溫柔的懷抱裏。

讓春鳳獨自一個人走向死亡，那是何等殘忍的事啊！做伙了一世人，為他做牛做馬拖磨，什麼福都沒享到，他真的太自私了。

「我真該死！我真該死！」春鳳的靈柩往墓地抬去時，他送了幾步，竟歇斯底里地悲嚎起來，把來幫忙料理喪事的土公仔嚇了一跳。

「大柱伯！莫再要悲傷，人死不能復生，悲傷有啥路用？」大家爭著安慰他。

「我真該死！我真該死！」他把去牽扶他的人的手推開，嚎得更大聲了。

3

「大柱伯！您應該去和文生一起住，他對您很有孝嘛！」收工時，彰仔和他一道走。

「有孝個鬼！」他正想如此說，卻把話又收回去，對著彰仔點點頭。

「我覺得您不再適合做這種粗重的工作了。」彰仔側臉看他。

「我還能撐！」他一直低著頭。

「你不覺得您最近體力退步了？」

「誰說的？」他停下腳步，側臉看彰仔：「我怎麼沒覺得？」

「不要欺騙你自己，我看得出來，您的腳步不再那麼穩健了！」彰仔也停下來。

「坦白講，一袋五十公斤的重量，還壓不倒我的，我絕不是死鴨硬喙栝！」他繼續舉步。

春鳳還在時，文生每次回家，都要他們搬去城裏住，拗不過文生，他把田產和房舍都變賣了。

那知半年住下來，他們彷彿病了，漸漸枯瘦起來，整天病懨懨的，日子過得很不舒服。文生和媳婦每天上班，兩個老的整天枯坐相對，沒有半句話好說。沒有文生帶路，什麼地方都不敢去，像沒了腳般，文生又沒空常帶他們出去走走。那種痛苦，他不知該怎麼說好？想回去種田，田產卻都賣了，再也無法去過那種撫摸作物的雖清苦卻自在的農耕生活了，但不離開這個如鐵籠般的地方，他們真不知日子該如何過。最後不顧文生的反對，和春鳳到碼頭附近租了一間低矮的木房，他去碼頭扛貨，春鳳則有時去替坐月子的人洗衣賺些錢貼補用，日子雖清苦，卻也過得實在。

春鳳走後，文生要他去住，他為了離開桂枝，又搬去了。依然是那種生活，媳婦因生了孫子，不再工作，在家裏帶孩子，對他的態度很冷漠。

「吃飯嘍！」三餐叫他吃飯，連個稱呼都沒，像喚小孩般。

他還沒吃完，她就在收碗筷了，他吃飯的時候喜歡把一隻腳拿到椅子上，並且喜歡喝幾杯米酒頭，所以動作慢些。若不是為了避桂枝，他早就回去了，何必在文生那裏受悶氣？他不會讀到連癢都不曉得抓。

白天為了不和媳婦白眼瞪黑眼，他常去街口的檳榔攤和那位守寡的歐巴桑聊天，有時也幫她切檳榔。不這樣，他不知日子怎麼打發。可是，這麼做竟也不行了。

「阿爸！聽說您時常去街口和賣檳榔的歐巴桑開講？」有天晚飯時，文生問他。

「是啦！無聊就去那裏開講！」他啉了一喙米酒：「不然，你叫我去哪裏？」

「我看你還是少去。」文生說。

「為啥麼？」他放下杯子。

「鄰居都傳言你和歐巴桑……」

「我也沒跟她怎麼樣，我們只是聊天。」文生沒說完，他即搶著答。

「她是寡婦哪！」文生放下飯碗。

「我知道。」他放下筷子：「寡婦就沒權和查埔人講話？」

「有是有，可是您常去，別人自然就心疑了。」文生扒了一口飯。

「你不相信我？如果我是那種人，早就和桂枝同居了，何必到這裏來？」他站了起來，顯得有點生氣。

「我當然相信您，可是別人說得真歹聽！」文生停止咀嚼的動作。

「別人的嘴要講就讓他們講呀！我們又不能將他們掩住。」他攤開兩手說。

「你可以認為沒關係，但別人卻是說某某人的老爸怎麼樣！」媳婦插嘴又放低聲音說：「你當然是無要緊嘍！」

「我看還是不要去，免得別人講閒話！」文生抬頭看著他。

他沒再說什麼，把杯中的酒一口喝盡後，就回房了。

從此，他每天除了出來吃飯外，都關在房裏，躺在床上抽悶菸，有時就自語著：「幹！我大柱仔拖磨一世人，竟落到這款下場！」

度日如年，日子難熬，卻也過了半年，突然有個老友來找他，說桂枝走了，嫁人了。

「趁吃查某都是一樣，見好的就變心了。」老友說。

「你不能這麼說桂枝，她對我是真心的！」他為桂枝辯解。

「那你為什麼不接受？有查某要跟你，還不知要，有誰會比你更戇？」老友數落他。

「我有苦衷呀！」

「還會有什麼苦衷？塞到嘴邊的肉都不知吞下！」

「說了你也不懂，要說到你懂，喙鬚可打結了。」

他連招呼都沒和媳婦打，就又回到碼頭。

「我看您還是去文生那裏住，又不是他養不活您，為什麼要在這裏拖老命？」彰仔說。

「以後再說吧！」他示意彰仔不要再說下去，心裏卻自語著：「我就是跛腳破相，沒辦法行動，我也要爬著去做乞丐討生活，我也不會再去依靠文生。細漢時是父母生，娶某後就變成某生的了。」

4

「彰仔！你實在有夠關心我，我真感謝！我大柱仔若有您這種孝生，死都含笑瞑目了！」

他重重拍了一下彰仔的肩膀，哈哈笑出聲來。

「難道文生尪某對您……」

「沒什麼啦！有孝媳婦三頓燒，有孝查某子千里遙，可是，三頓燒又有什麼用？」他嘆氣。

「他們是有讀書，識禮數的人，應該……」彰仔搔搔腦袋。

「是啦！他們對我真有孝呀！他們都是大學畢業，讀的書一牛車都載不完！」他把手搭在彰仔肩上：「不要談這些，我請你喝一杯，怎麼樣？」

「應該我請您才對！」彰仔也把手搭在他肩上。

「誰請誰都一樣吧！」他嘿嘿笑著。

「喝什麼酒？」老板邊用毛巾擦著手邊問：「煮什麼湯？」

「米酒頭！」他答：「湯就來一碗蛋花湯吧！」

「要不要加保力達？」彰仔問。

「加保力達喝起來不夠味！」他答。然後卻對老板喊著：「也來一瓶保力達！」

「你不是不加保力達？」彰仔問。

「給你加的，聽說喝了會解疲勞！」他嘿嘿乾笑。

「怎麼想到要喝保力達？是不是下午想去醉仙樓扮仙？」老板送來酒時，打趣地說。

「不要開玩笑了，我早就對扮仙沒興趣了！」他笑笑，然後指著對面的彰仔說：「是給少年仔加的，他不敢喝米酒！」

住文生那裏，原先酒是由媳婦去買的。有次媳婦買回酒時，往地上狠狠放下，酒瓶相互碰撞的聲音好大，他原在客廳看歌仔戲，突然聽見文生和媳婦的談話。

「不會放輕點？」文生說。

「重得要命！」媳婦忿忿地說：「一天喝一瓶，幾天就要買一次，真累人！」

「阿爸就只有這個嗜好，忍耐點吧！」

「忍耐！酒不是你在買，才會這麼說！」媳婦嘀咕著：「一天一瓶，數量真驚人！」

「米酒便宜，一瓶才十幾塊錢。」

「不要小看十幾塊錢，長久喝下去，這幢樓仔會被喝掉的！」媳婦沒好氣地說。

「不要說得那麼嚴重，被阿爸聽到了不好意思！」文生壓低聲音。

從此，他的酒就開始自己買了，他不相信他付不起酒錢，同時，酒也改在自己房間喝。

——我大柱不會那麼沒志氣，如果沒錢，我就不喝！

——我絕對不拿你們的錢來喝酒，免得到時候說我把你們的樓仔喝掉了，我不會那麼厚面神的，陪嫁一幢樓仔有啥稀奇？

——都是文生，叫他不要娶有錢人的查某子，他偏不聽，不但他頭抬不起，連我也受連累了。在房間裏獨自喝酒，他都這麼自語著。

「彰仔！飲啦！來！乾杯！」他仰首一飲而盡。

滿臉通紅的彰仔卻連杯子都沒碰。他把喝乾的杯子倒過來，向彰仔示意沒有酒滴下，然後指著彰仔的杯子說：「你是要飼金魚？」

「大柱伯！我不能再喝了！」彰仔搖搖手說：「有點輕飄飄了。」

「你都只喝保力達，保力達還剩半瓶呢！」他抓起保力達，用醉紅的雙眼湊近去瞧。

「大柱伯！我看您也喝得差不多！」彰仔數數桌下的酒瓶：「喝三瓶了！」

「我不會醉的！我還要再喝一杯！」他舉起酒杯說。

「不要喝了！」彰仔用手去搶他的杯子。

「再來一杯米酒！」他躲過彰仔的手，大聲地向老板喊著，然後幾近自語地說：「誰說我會吃掉你們的樓仔？騙痟！」

「不要再喝了，大柱伯！您醉了！」彰仔搶過他的杯子。

「我大柱仔是有志氣的人，有錢我就啉，沒錢，我就讓他哈，不會死的啦！」說後，竟笑出聲來，還夾著幾滴蒼老的淚。

彰仔付了錢，不顧他的掙扎，架起他走出麵攤。

「我還要喝，我喝未爽！彰仔你莫抓我！」他掙扎，卻沒氣力。

走出麵攤沒幾步，他即嘔了彰仔一身。

彰仔為他擦擦嘴後，繼續撐著他走回家，把頭歪倚著彰仔肩膀的他，竟咿咿唔唔唱起不成調的歌來。

啉啦——杯底——毋通飼金魚

好漢——剖腹來相見

拚一步

爽快嘛值錢！

……

——刊於《統一企業月刊》第十卷第一期　一九八三年二月

——《中國文選》第一九四期轉載　一九八三年六月

雨夜花

「唉！」

敲打沒幾下，哥哥就放下手中的鋤頭，深深地嘆口氣，然後回頭看看背後的父親，嘴巴嚅動著，好像有話要說，見父親埋頭在敲敲打打中，又再轉回頭，拿起市針和鋤頭敲打著。

他看在眼裏，幾次想開口問哥哥有什麼事，但話到嘴邊，又嚥了下去，他怕哥哥罵他囡仔人愛管代誌。

「唉！」哥哥又嘆了一口氣。

「哥哥，有什麼事？」他實在忍不住了，湊到哥哥耳邊低聲問著。

「囡仔人有耳無嘴，沒你的事！」不出所料，哥哥對他的關懷不領情，不過，他正要退開時，哥哥口氣變得很和緩：「小弟，說給你知道，也沒用。」

真的，說與他聽，又有什麼用？他能幫忙什麼？想到這裏，他對自己剛才那份想為哥哥分擔憂愁的關懷，突然覺得多餘起來。

他搔搔腦袋瓜，蹲下想繼續收拾碎石片時，突然聽到一聲很深很深的呼吸聲，他回頭一看，哥哥正挺著身，把牙根咬得緊緊的，仿彿可聽出牙齒相摩擦的咯咯聲。

「阿爸……」哥哥說後，注視著父親，市針在手中撥弄著。

「嗯！」父親只應了一聲，並沒抬起頭來，仍繼續敲打著石塊，看沒有得到回應，父親又補問了一句：「什麼事？」

「阿爸……」哥哥見父親沒停下工作，又說。

「什麼事？」阿爸停下敲打的動作，鎯頭舉在空中，眼睛從那鬆了的鏡架上看向哥哥。

「阿爸……我……我不打石了。」哥哥結結巴巴說。

「不幹什麼？」父親沒聽清哥哥說的是什麼。

「我不再打石了。」哥哥把頭低了下去，輕敲著手中的市針，發出細微的叮噹聲。

「為什麼？」父親的臉色變了樣，顯然很驚訝。

「沒前途！」哥哥把聲音壓得很低很低。

「放屁！誰跟你說沒前途？一個瘸子，你能做什麼？」父親把鎯頭往正在刻字的石上一甩，發出好大的響聲，氣得臉青一陣、紅一陣。

「做什麼都可以，就是去討飯，也比打石好！」從沒看哥哥用這麼大的勇氣和父親說話，而且又說得這麼激動、流利。

「你只能打石。就是你的腿不瘸，也只能打石。我做了將近一世人，沒餓死，就因為這點手藝，你以為別的專業好幹？你去做別的，就能賺更多的錢？」父親愈罵愈凶，像是永遠都罵不完似的，一點讓哥哥插嘴的餘地都沒：「阿爸出師以後，就在獅仔頭這裏收了徒弟，到現在大約收了三十多位，有的年齡比我還大，他們有些到南部打天下去了，大部份留在獅仔頭這裏，這裏的打石師十之八九是我的徒弟，這個你該知道，有哪一個餓死的？他們還不是活得好好的。」

「現在科學進步了，割石和磨光都使用了機器，打石已不再是難事了，為什麼不幹？你是吃錯了什麼藥？」

說後父親盯著哥哥看，像是要哥哥點頭肯定他的話。哥哥看了父親，一句話也沒說，回頭繼續打著石。

他看了哥哥一眼，想著到底為什麼哥哥會有那麼大的勇氣和父親講那些話。在以前，哥哥曾和他說起要離開這裏，到外面去。他問為什麼，哥哥只答說住不下去，就不再說什麼了。

以前說是說，哥哥仍照常天天從早晨敲到黃昏，並且和著敲打節拍，哼著歌，非常愉快地工作。絕沒像今天，從起床之後，就一直陰著臉，像今天的天空一樣。

是不是因為阿姊要回來？

昨天晚上，吃飯的時候，父親一邊吃飯，一邊拆開一封由臺北寄來的信，信是他傍晚從村長家裏帶回的，他認得那是阿姊的字，只是不知阿姊寄信回來是為什麼。

「你阿姊後天要回來玩。」父親笑瞇瞇的說。

哥哥一聽到阿姊要回來，原本還和他說說笑笑的，突然，收斂了笑容，半碗飯全扒到嘴裏，把整個嘴巴充得鼓鼓的，放下碗筷，一聲不響，走進臥房，房門碰一聲，鎖了起來。

他看著哥哥的背影發愣，含在口裏的飯，竟忘了嚼。

父親似乎沒看見哥哥的出乎平常的舉動，笑著對他說：「去給我買一瓶米酒回來。」然後開始唱起「雨夜花——雨夜花——」來，重重覆覆，唱的都是這麼一句。父親一高興就唱歌，但唱的都是這一句。

父親的酒量很大，而且喜歡喝酒，不過，平時很少喝，除了阿姊回來，交給他一筆厚厚的錢時，他才會想到要喝瓶酒的，原因是父親捨不得把打石的血汗錢拿來喝酒。

上雜貨店買酒的時候，邊走邊想，為什麼哥哥那麼不喜歡聽到阿姊回來，哥哥都避不見她，把房門鎖得緊緊的，飯都不出來吃，要一直到阿姊離去後才出來。

「是不是在臺北賺錢的姊姊又回來了？」一進門說要買酒，老板娘就問。

每次來買酒，老板娘都這麼問，而且把「賺」說得特別用力，好像很羨慕阿姊會賺錢。

連那麼有錢的人，都羨慕阿姊了，哥哥怎會不喜歡阿姊？

他最喜歡阿姊回來了，每次阿姊回來，會帶給父親一筆厚厚的鈔票，父親一高興就會將近一星期不罵人。阿姊還會為他帶回新衣服、餅乾或這裏看不到的電動玩具；還有，會摸摸他的頭，問東問西的，乖不乖啦，阿爸疼不疼？有沒有跟人打架？

最主要的還是他喜歡看到漂亮的姊姊，不但臉漂亮，衣服也漂亮，頭髮、鞋子都漂亮得很，獅仔頭這裏沒有人這麼漂亮，因之，阿姊回來，他都說要和她一起去臺北，他想他到了臺北之後，也會和阿姊一樣，變得英俊起來，回來之後，走過獅仔頭的每户人家，大家都會用羨慕的眼光看他。

會有這種想法，是以前阿姊很醜，但到了臺北之後，就變得漂亮起來，像極了哥哥童話書裏的白雪公主，把他看都看呆了。

「長大後，我也要去臺北。」有次阿姊走後，他對哥哥說。

「去臺北幹麼？是不是找阿姊？」哥哥很是生氣，兩眼瞪著他。

「嗯。」

「不要去找她，她是壞女人。」

「為什麼？阿姊會賺很多錢回來。」

「聽我說，小弟，阿姊是壞女人，他的錢是臭錢。我不稀罕她的錢，錢我會自己賺。」

「她是好女人，她會賺錢。」

「不要說了，她是壞女人！」

「她不是！」他不知怎麼搞的，竟對平常很敬愛的哥哥吼了起來，不知是不是為阿姊抗議，才會這麼激動。

「她是！」

「她不是！」

「好，不要再說了，以後你就知道了。」

有一段日子，哥哥為此事不和他講話，他一直搞不清楚為什麼哥哥會那麼恨姊姊，問哥哥是什麼原因，都只說他長大了就會知道。他常問自己：「阿姊真的是壞女人？要到什麼時候，我才會知道？」

午后，天空的臉更加陰沉了，突然哇的一聲，哭泣了起來，可能是那股鬱悶憋在心裡太久了，一得到舒發的機會，就大哭特哭了起來。

一些在墓地建墳的工人，都跑到屋簷下躲雨。

「幫我把墓牌抬到裏邊，這裏會淋雨。」哥哥對他說，他正坐在小椅上打盹。

「抬出去，抬出去！」父親揮著手。

「有雨絲飄進來。」哥哥停下來解釋著，石子好重，他咬著牙，快支持不了了。

「就是雨整個澆下來，也要在那裏，搬出去！」父親站了起來，叉著腰，生氣地從上往下，做了個澆的手勢。

「這裏還不是一樣做，又不是說搬到裏面就可以偷懶了。」哥哥忘了手中的石頭。

「你坐在裏面，誰看得見你？」

「看我這個跛腳獨蹄的做什麼？」

「讓人知道我們這裏打石。」

「外邊擺那麼多石頭，還不知道我們打石？」哥哥生氣了起來，然後對我說：「放下，放下！」

他酸得兩手發麻，趕緊把石塊放下，顧不了父親兇惡的眼光，反正這是哥哥的意思。

他偷瞄了父親一眼，父親抿抿嘴，好像想再講什麼，卻又嚥了下去。哥哥沒看父親，拿起市針和鏍頭又打起石塊來。

「雨夜花—雨夜花—」父親又開始唱起歌來，顯然是把哥哥將石塊搬進來的事忘了。原因可能是明天阿姊要回來的事，叫他今天心情特別好。父親哼哼唱唱了半天，仍是那麼一句歌。

「阿榮師，今天心情卡好喔！」有個工人走到父親那裏，笑著說。

「心情不輕鬆，不唱歌又能怎麼樣？」父親並沒停下工作，他正在刻一對石獅。

「這對石獅好活，阿榮師你真了不起！獅仔頭找不到你這麼好的功夫了。」造墳墓的工人恭維著。

父親笑笑沒答腔，這些話父親聽多了。

「你的功夫不壞呀！」那個工人走到哥哥旁，彎下腰來看哥哥正在刻的墓碑。

哥哥沒理會那個工人，連輕輕哼一聲，或是抬頭看都沒有。

「你師傅是誰？」工人蹲了下來問。

「我阿爸。」

「虎父不生犬子，一點不假。」工人豎起大拇指，轉身對著父親說，父親沒理會，仍唱著雨夜花，工人只得回頭問哥哥：「你學多久了，出師了沒？」

「五年。早就出師了。」

「天天都坐在那裏？」

「不然要坐在哪裏？」

「生意一定不錯啦，一天賺不少吧？」

「能有飯吃，就很幸運了，還能賺多少？」

雨停了，工人又去做工，離去時，哥哥看了工人一眼，好像罵工人不識時務，趁人生氣時，找人搭訕。

不久，有個穿著時髦的年輕人，提著雨傘晃進來，他知道那人是來拿哥哥昨天趕工完成的墓碑。

「坐，坐啦，墓碑刻好了。」父親起來招呼。

「我看看。」

「在這裏。」父親走到屋簷下，指著那塊倚在牆壁上的墓碑說。

「是誰刻的？」年輕人忽然生氣起來，指著哥哥：「是他？」

「字刻錯了嗎？」哥哥一拐一拐的來到旁邊，他也跟著去。

「為什麼要你刻？你阿爸怎麼不刻？」

「我沒把字刻錯！」哥哥看了墓碑後說，他也湊進去看。

「你看看，這是什麼字，連筆畫都不直，這麼貴的青斗石，讓你刻成這個樣子，連一塊錢都不值了。」

「沒有不對嘛！」父親扶了扶眼鏡。

「還要不對？字刻不美，已經不得了了，還要刻錯，那不是要整個重刻？」

「一筆一劃都沒少呀！」父親仍看著墓碑。

「叫你親自刻，你為什麼不？叫我回去怎麼跟老板交代？五百塊那麼好賺？給我重刻！」

「你到底認不認識字？這是什麼字體你知道？」

「……」

「他？周至柔將軍的墓碑和墓柱都是他刻的呢！人家半句閒話沒講，還褒獎一番，給了五百塊小費。墓就在公墓，你去看看，就是這種字體，不懂的話，就不要罵人，你憑什麼罵人？」

年輕人想要去摸墓碑，父親趕緊擋在前面。

「你這是什麼意思？」

「五百塊拿來，不然，休想摸它！」

「沒本事的話，就不要開店。」

「誰說我沒本事？你落車頭沒探聽，我阿榮師這家店開了多久，有哪個嫌過？你想賴？沒用的東西，連個什麼字體都不知道。」

「把墓碑給我！」

「不給錢，就不要摸，要不然，我去叫警察，我不怕你。」

年輕人最後軟了下來，遞給父親五百塊說：「明天來拿！」，轉身就走了。

「賊卡惡人！沒有用的東西，自己不懂，還罵人，我阿榮師幾時被人嫌？不是吹牛，獅仔頭哪個能和我比？」父親嘀咕著。

父親今天心情特別好，要不然，可能抓著年輕人的衣襟就揍人，父親最不喜歡人嫌他，尤其是外行充內行，無理地指責。

「小弟，你明年就上學了，好好讀書喔！」晚飯後，在房間裏，哥哥對他說。

他不知道哥哥為什麼突然這麼說，不過，為不讓哥哥傷心，他只得點點頭說好，他希望他看到哥哥笑，看見哥哥沒笑容的臉，他也跟著憂傷起來。

「讀書時，如果有人說阿姊是壞女人，你不要去管他，知道嗎？」

「知道。哥哥不是說阿姊是壞女人？」答了知道，又覺覺不妥當，因為哥哥告訴過他，阿姊是壞女人。

「就當我沒說過，知道嗎？」

「知道。」他看到哥哥眼眶濕了起來，雖有滿腹的疑問，卻不敢再問。

哥哥正把衣服一件一件疊好，放進一個藍色的登山袋。

「無論如何，一定要把書讀好，不然，像哥哥這麼沒出息，別人會看輕。」哥哥摸了摸他的頭，他不懂什麼叫沒出息，也不懂什麼叫看輕，因為他從沒有這種感覺過。雖然不知道這種感覺是什麼感覺，但他相信，他對哥哥沒生這種感覺過。

「哥哥，你要去哪裏？」他仰頭看哥哥。

「一個很遠很遠的地方。」

「什麼地方？」

「我也不知道，哪裏適合我，我就在那裏。」

「去臺北找阿姊？」

「我不去臺北。」

「什麼時候去？」

「明天清晨。」

「不等阿姊回來再去？」

「不！」

「阿爸問？」

「說你不知道就好了。好，我們睡覺了。」哥哥把燈熄了：「我會寫信給你。」

「我看不懂！我要跟你去。」

「你要讀書，不能去。信看不懂，阿爸會告訴你。」哥哥拉著他的小手：「我也會回來看你。」

醒來之後，哥哥不在，登山袋也不見了，他知道，哥哥已經走了。

「雨夜花—雨夜花—」父親在廚房做飯，還哼著這麼一句歌。

一股寂寞襲來，他衝出門外大喊：「哥哥！哥哥！」

顧不了頭上的雨，他跑到車站，但招呼牌下連個人影都沒，哥哥走了。不知哥哥帶傘了沒？

——刊於《臺灣時報》時報副刊　一九七七年七月二十一、二十二日

重現的掌聲

「接下來的節目是特技表演，我們歡迎最最有名的海氏特技團出場！」主持節目的小姐以嗲聲嗲氣的語氣，笑著向觀眾介紹，往布幕做出個請的手勢。

喇叭手慵懶地吹奏起來，從那斷斷續續，忽高忽低的音符，以及低沉悶人的鼓聲，可以看出樂隊對這個節目所表示的態度是愛理不理的。

他率領著團員，一個空中滾翻，出了場，站定，做了個九十度的哈腰，雙手一攤，後退幾步，希望中的掌聲並沒響起。他看了臺下一眼，觀眾兀自喝著、吃著，有些竟大聲喊起拳來，斜瞟過來的眼光沒有幾個，一股孤寂感襲來，無力地放開攤著的雙手。

會遇到熱情的觀眾的！會有如雷的掌聲的！這些日子來，他都這麼安慰著自己，一次落空，他把希望移到下次，一次接一次，他記不清這種日子有多久了；但迄今他仍期待著。憑著以前那幾乎震垮屋子的掌聲，他有一份自信，自信那種熱情的掌聲會重現。

嘴角牽動了一下，他那硬擠出來的笑，呆板地印在扭曲的臉上，像一只出自拙劣雕刻師傅的木雕品，不能充分表現最最自然的表情。

「節目該換了，炒來炒去，炒的都是那些冷飯，再不換，那些老套都叫人看膩了。」昨晚，剛表演完退到後臺，挺著大大肚子的經理就來了。

「這些都是真功夫、硬本領呀！」

「得不到觀眾的喜愛，真功夫、硬本領有什麼用？」

「海家班的『萬字』不是憑空得來的！」他有被侮辱的激動。

「那是以前的事，時代不同啦！不能適合觀眾的口味，我們就不能要你。」經理連看他都不。

「但是……」

「我是看在過去你父親海長清，和我父親的一點交情上，不然，早就叫你走路了。」經理看了看他，吸了一口菸後說：「再不換花樣的話，我們的合同只有提早結束了。」

他嚅動嘴唇，想說什麼，卻又隨著嚥下的口水，把話給吞了下去。

竿上特技，靠著一根竹片，能把特大的瓷盤子，一上一下支撐著，不但不會掉下，還能叫它運轉在竹片頂上，這種真功夫，是一天二天能學成的嗎？

但是掌聲？掌聲哪裏去了呢？

海家班當年是靠竿上特技打出聲名的，今天為什麼會落到連個掌聲都沒的地步？

家鄉河南柘城，在惠濟河與老高河交會處，時常一雨成災，這給了父親到外面闖天下的念頭，剛好，有商丘的藝人來表演，父親於是加入他們，過著江湖賣藝的生活。稍長，父親即一個人帶著二套功夫出來打天下，那套功夫即是竿上特技；由於所到之處，看過這套本事的人不多，因此成名得很快，可說一夜之間就紅得發紫了。

這是家傳中最上乘的功夫，記憶中，這個節目一完，觀眾的掌聲就震得你耳膜嗡嗡聲，而今，掌聲哪裏去了？

他看看瓷盤，又看看竹片，它們似乎變了，冷冷瞅著他，瞅著它們失神喪志的主人。

下個節目表演什麼好？什麼才會得到掌聲？

「下個節目是滾桶！」他用力喊著，想喚起臺下觀眾的注意，卻發覺聲音出奇的低，低得幾乎連他自己都聽不到。

望向臺上的眼睛，仍是那寥寥的幾雙，他知道，掌聲又將是古老的記憶了。

滾桶由妹妹根梅、根琴表演。根梅仰躺著，兩手支撐著倒立著的根琴，兩腳忙碌地一前一後運動，踢動著桶子，桶子在她腳上騰空躍起，又落下，騰空、落下交替著，滾動得幾乎只能見著一個模糊的輪廓。

妹妹表演完了，滿身大汗，三個人向觀眾來個九十度的哈腰，掌聲是響了，卻是零零落落，好淒涼，在這個空曠而又吵雜的歌廳裏，很快就被湮沒了。

司儀小姐換了身衣服，這次是件白色低胸的長禮服，以矯揉造作的步伐走出來。那姿態有多生硬，就多生硬，看著彆扭極了。

「各位觀眾，海氏特技團暫時休息一下，等會兒再為各位做精彩的表演。現在我們換個口味，請旻雯小姐為大家獻唱一曲—往事難忘。」

隨著音樂響起，旻雯小姐以溫文優雅的姿態走出來，一舉一動是那麼具有氣質，一看即知是受過特別的薰陶和訓練。

他有太多太多難忘的往事。高空飛人失手落網時，觀眾的驚呼聲；表演不理想時，觀眾失望的眼神；表演不合父親意思，受責罵時，沮喪的表情；還有，為生存而賣命的感受……這些都使他難忘。

茁壯、成長，靠著硬朗的班底，海家班由單純的特技、馬戲，演變成有歌舞、有鬧劇、各種高空特技的龐大團體。那時，他才七歲，卻能表演好多好多節目了。

匆匆到一個地方，大帳篷搭起來，幾天之後，又匆匆拆下離開，他就在這種到處奔波的情形下長大。印象中，那段日子是多變的，是顛沛流離的，沒有一定的居所，沒有屬於他們的歸宿，除了表演與瞬間即逝的掌聲之外，他們所得到的就是疲勞、倦怠。

「接著為大家獻唱一首『懷念』！」旻雯小姐換唱了一首歌。她說話的音調是那麼清麗、自然、柔和。

最最叫他難忘、懷念的是身兼團長、師父的父親，離他們而去。父親是他們的根，是他寄託的重心。失去了這根正樑，他們幾乎無法撐住傾頹的局面，他們內心的痛楚是沒法言喻的。他們的絕望，正像一個空中飛人，在擺盪中，不幸失手，沒抓著繩子。

這是海家班的黑暗時刻，大家陷入一個無底的傷悲的深淵裏，他們哀傷父親的去世，更哀傷這個好不容易得來的金字招牌——「海家班」三個字，將在觀眾的記憶中褪色。

「海家班的藝人生涯，將因海長清的離去，而結束。」在他們哀淒聲中，同行間有人這麼說著。

「我們要撐起這個局面，即使被壓得直不起腰來，也要咬緊牙關，碰撐下去，就是被壓死了，也不要哼聲。」姊姊海明這麼說，海珠跟著說：「我們不能平白就把用血汗寫出來的「海家班」三個字拋棄。」

「能撐得下？」

「人定勝天，就看你有沒有這份信心。」

幹就幹吧！起先還幹得有聲有色，叫同行刮目相看，但這種情形沒維持多久，兩個姊姊相繼出嫁之後，跟著就結束了。

入不敷出，又不能兼營場外交易，夜總會又苛待他們，使他幾乎喪失了支撐下去的信心。團員看到這種情形，有的唸書，有的改行，還有的服兵役去了，剩下幾個親人和幾個零星的藝人，映現著「海家班」剩餘的一點光輝。

節目遂再由父親時的歌藝、鬧劇、特技的綜合表演，演變成單純的特技，局面小得寒酸且可憐。

旻雯小姐演唱完了，以她這麼清爽的歌喉，以及歌聲中所蘊含的感情，她應該是要獲得最最熱烈的掌聲的，比以前的海家班還要熱烈，但卻連一個掌聲都沒。看到這種情形，他為目前觀眾的欣賞水準感到可悲，更為旻雯得不到共鳴而傷心。

同情旻雯，等於同情自己。他現在的處境，不是和旻雯一樣？還不是和旻雯一樣，得不到觀眾的掌聲。

他們原先出場的順序是安排在中間，旻雯比他們還前面一點，後來隨著日子的前進，他們的掌聲都跟著減少，出場的順序也就跟著前進，在最近，他們幾乎都要被排在最先頭了。旻雯是唱歌的，比他的特技吃香點，排在他後頭。

旻雯小姐沒有掌聲，他在後臺為她猛力鼓掌，旻雯感激的看了他一眼，笑著對他點點頭，那笑帶著感激，卻充滿著苦澀和無奈。

「接下來，我們請菲菲小姐為大家演唱一首『嘿！朋友！』！」

菲菲小姐未出場，先是喊出一聲尖銳的「喝！」，觀眾的情緒跟著高漲起來。她使出渾身解數，扭動著整個軀體，還做出各種不知所云的動作，瘋得像一個神附了體的乩童，觀眾的眼睛集中在她火辣辣的身上，那噴火似的肉體，叫觀眾的情緒激動到最高潮，一時哨音、叫囂聲，充塞著整個空間，宛如一些情緒激昂的暴民。

嘿！嘿！朋友！

你不要憂愁

嘿！嘿！朋友！我在你左右

……

時代是一個篩子，只要你太細小，就會被篩掉。海家班當然也難逃這個舛難，只能在夜總會的一角苟延殘喘，慢慢走上消失的路。

對這，他並不感到傷心，他知道，遲早都要淪入這種命運的，這種把生命放在手心上玩的行業，終有一天要消失的。不過，最叫他難過的是，他們這種以性命做賭注來獲得生活的行業，竟比不上一個搔首弄姿的三流歌手。她們夠不上歌手的資格，只會以大膽的暴露，和瘋狂的唱扭來贏得掌聲。

掌聲比三流歌手少，他失敗得無法口服心服。

「哥，我看非拿出我們的王牌來不可了。」妹妹根琴對他說：「我們那些表演，觀眾看膩了。」

他沒說什麼，看著根琴。

「我可以接替阿嫂的位置。」她怕說不過哥哥，又接著說：「練習時，我們不是配合得很好？」

「這是一件玩命的行業。」他冷冷地說。

「這本來就是。一開始，我們就應有這種認識，您不知道？」

他點點頭，想起那年的往事。

空中飛人的特技由他和太太麗華聯合演出。一向配合得天衣無縫，有誰會想到會失手？連他自己都被這次的失手，搞得莫名其妙。

「有救？」送到醫院後，他問醫生。

醫生搖搖頭，沒答腔。

「為什麼？」

「腦震盪！」醫生又說：「她有病在身，才會這麼嚴重！」

「什麼病？我怎麼不知道？」

「嚴重的貧血。」

「貧血！」從此，他不再表演這個玩命的空中特技了，這是特技裏最危險的一個，只要一有差錯，沒人能擔保命能保得住。

「再不表演的話，我看我們的飯碗就要砸了！」

他仍沒有回答。

「我去準備道具，根琴妳去告訴司儀小姐，我們下個節目是空中飛人。」根梅逕自走了。

他看了看兩位妹妹，仍一句話都沒講。

我要重新披掛了，觀眾會再給我掌聲？像以前那麼熱烈？還是連半個掌聲都沒？

「現在我們再請海氏特技團出場，他們為我們表演最精彩的空中特技，讓我們歡迎他們出場。」司儀小姐特別把聲音升了半音，藉故提醒觀眾的注意，但仍沉浸在菲菲小姐熱情演唱裏，還未回到現實的觀眾，並沒把她的話聽進去。

掌聲是有，卻是稀稀疏疏數聲，像一串因放置過久，而燃放效果不佳的連珠炮。

他的心下沉了，如果再不能得到掌聲，他的信心將因此而崩潰，沒有再硬撐下去的勇氣。

稀落的掌聲裏，他和根琴上了掛在屋頂的鞦韆。他並沒立刻把鞦韆擺盪起來，兩眼盯著根琴看，根琴也看著他。看著看著，眼前站在鞦韆的是笑對他的麗華，是麗華？他眨了眨眼睛，搖了搖頭，眼前站的不是麗華，而是根琴。

根琴對著他笑，那笑充滿著信心，似在對他說：「我們會成功的，我們久別的掌聲會再重逢。」

深深吸了口氣，靜定一下，他朝根琴笑笑點頭，一個翻身，便倒掛在鞦韆上，開始盪了起來，盪至根琴面前時，他拍了下手，示意在他再盪回來時，她就要一個縱跳，拉住他的手。

接住根琴雙手的剎那，意想中的掌聲並沒有響起，只是整個房間呈現一片死寂，連一點聲響都沒，是不是觀眾呆了？忘了拍手？

我要掌聲！我需要掌聲！

他向仰臉看他的根琴眨了個眼，示意再盪一回，她就要躍回原來的鞦韆。

根琴躍回的剎那，應該會有掌聲響起。他想著。

掌聲終於來了，像排山倒海一樣。

他一個翻身躍起，站在鞦韆上，和根琴一起向觀眾哈腰時，掌聲更熱烈了。

根琴下了鞦韆，輪到他獨自表演。盪動鞦韆，一個空中翻滾，抓住對面的鞦韆，掌聲在他接著鞦韆的剎那響起。

又一個空中翻滾，他回到原來的鞦韆上，順勢一個翻身，他站起，馬上來個卑微的躬身，掌聲再度響起。

掌聲，瘋狂的掌聲把他重重裹住，直到他下了鞦韆，帶著團員致謝時，掌聲仍沒斷。

他突然覺得掌聲好聒噪、好陌生。

——刊於《中國晚報》春秋閣副刊　一九七七年八月十三日

無垠的黑

「歐！歐！」學仔趕著牛，語氣很和藹，低低的聲調裡透露著不忍和關懷，就像和一個體弱多病的老人談話一樣。這是在田間所沒有的現象。

一般人駛犁的時候，牛如果稍稍緩下腳步，就幹恁娘、駛恁娘地罵個不停，聲音之大，直可由這個村莊傳到那個村莊。從沒人對牛像學仔這麼客氣的。

學仔對這頭老牛這麼客氣，是有原因的。仔細算算，這頭牛總共效勞了他們家三代，打從他阿公起，就買進牠了，那時學仔剛好是小學六年級。在那段日子，學仔放學後或假日，都騎在牠背上，趕牠到家門對面那個山頭去吃草。而現在，學仔已是三個孩子的爸爸了，這頭牛成為他們家中一份子，怕也將近二十年了。

老牛確是老邁了，不但步履蹣跚遲緩，牙齒也脫得光光。每次餵牠，都要割最嫩最嫩的草心，要不然，牠嚼個老半天，還嚼不爛。好多次，學仔想把牠賣人，換頭小牛來養，卻都忍不下心來。和這頭牛生活了這麼久，好歹總有了感情，而且牠又為他們家賣了這麼多年的命，就是鐵打的心腸，也橫不下這顆心把牠賣人。

就像今天早上，天才破曉，學仔就扛著犁到牛舍牽牛，老牛一見他來，馬上起了身，對他哞哞叫了幾聲，搖搖頭又搖搖尾巴，看見主人，他就忘了昨天的倦怠。這麼善體人意的牛，都不忍罵牠了。哪還忍心賣了牠？

「歐！歐！」

牛停了下來，學仔連忙趕著牠前進。

搖了幾下繩子，牛卻未見前進，後腳微張，且彎曲了膝蓋，稍稍蹲著，原來是解小便。

牛小便是很久的。小時候，學仔晚上不敢起來小便，他很怕阿嬤所說的虎姑婆，便把小便忍著，隔天清早起來再泄掉。由於積尿多，往往要好久才解完，阿公常笑他小便像牛一樣，小一個便，要二三分鐘。

牛小完便，又繼續前進，速度仍是那麼慢，學仔雖然很急，卻也不忍再催促牠，牠畢竟是老了。

太陽狠狠壓在他背上，炙得人好難受，就像夏天蹲在火爐旁照顧火一樣，他揩揩額頭的汗，抬頭看了看太陽，似乎承受不了太陽直射的壓力，把頭低了下來，眨了下眼睛之後，又抬頭看看天空，天空清淺地笑著，像寫在慈祥老人臉上的那抹充滿溫暖的笑意，沒有一點要下雨的跡象。學仔搖了搖頭，催促牛快走，他推測，今天仍沒有下雨的希望。

「學仔，停睏呷飯，牛給她停睏一下。」

學仔拉了下繩子，牛停了下來，轉頭一看，不知何時，女人送飯來到田埂。

女人穿著一件很舊很舊的上衣，裙子也很舊了，原來深綠的色澤，褪得幾乎沒了顏色。不注意看，還會認為是白色不小心沾了綠色的顏料呢。乾枯的頭髮散散的，蓬鬆地下垂著，想是很久很久沒梳理了。他看了女人一眼後，就把臉別開。他感到慚愧，當個丈夫，竟沒能讓女人享清福，還要她做牛做馬，和他一起下田，共同擔負一家的生計。唉！他搖頭輕輕喟嘆著。

算來，女人也真認命，跟他生活十多年了，連一句怨言都沒有，默默地做，默默地吃，這麼甘願的女人，即使是點著燈火去找，也找不到第二個了。我學仔真幸運，一定是前世修來的福，才會娶到這樣的女人，他想著，有點難過，也有點慶幸。

阿公在世時，對他說過，將來娶某一定要對女人好點，說什麼一個家庭的成功不成功，完全靠黑頭鬃犁[1]的幫助。現在，他總算相信阿公的話了。要是真的沒這個勤快的女人來幫他撐家的話，這會是個什麼樣子呢？他連想都不敢想。

他再把頭轉過來，停在女人身上，女人沒看他，注視著其他人的秧田。他仔細地看著女人，女人面上汗毛長長的，想必很久沒有修容了吧！看到女人這張臉，不覺錯愕愣住。瘦削的臉孔，高聳的額骨，青黃的臉色，還有深陷的眼眶，皺紋滿佈的額頭，他愈看愈不忍心看。以前女人不是這樣的，他愧疚地低下頭。今天他才發覺女人是這麼老，未經打扮的臉，全無血色，看起來就像剝落多處而露出生繡鐵皮的鍍鋅馬口鐵。

他卸下牛擔[2]，把牛牽了上來，交給女人，要她把牛牽到樹下休息，並拿些草給牛吃，他自己就在田埂上蹲了下來，拿起碗就吃起飯來，笠帽也沒脫，手也沒洗，滿是泥巴。佐餐的是蘿蔔乾，這是多數人所唾棄的，他並沒因之而吃不下飯，反而大口大口地扒了起來，像囚禁在獄裡好多年的囚犯，一被放出來，見到好吃的飯菜一樣。

他胃口會這麼好，不擇食，只要有鹹的可供下飯，就吃得很多，這要歸功於他小時候的訓練。那陣子，臺灣才光復不久，家裡好窮，煮飯都摻著甘薯簽。米只是幾粒點綴點綴而已。每次母親把飯鍋一端出來，他就拿著飯匙撥開上面那層黑褐色的甘薯簽，直往鍋底挖[3]，也不管會不會把鍋底挖出洞來。

三餐吃甘薯簽度日，這還不打緊，如果說有魚或肉來下飯，就沒有什麼好談了，偏偏下飯的是鹹得難以下嚥的竹筍醬[4]；可是，他卻一次吃個滿滿二碗，飯後還喝一碗開水，吃得肚子鼓得像水牛，走起路來通通作響。

他時常在飯後，挺著肚子要阿公摸摸他的肚皮，問阿公便不便，還跳跳要阿公聽他肚子的通通聲，問阿公聽到沒有，阿公總是笑得鬍鬚都抖動起來說：「很大聲！很大聲！」

原先，他是很不習慣硬梆梆的甘薯簽的，吃飯就吵著要米吃，怎麼哄他都沒用。後來，阿公特地煮了些連雞鴨都不吃的臭甘薯湯要他喝，說這是以前他吃的，要學仔嘗嘗味道如何。還沒吃，就被那股嘔人的酸臭味薰得好難受，猶豫了一下，才閉著眼睛，捏著鼻子，免強吞下一口，還沒進肚，馬上就全吐了出來。

吐過之後，阿公問他滋味如何，他不知該怎麼說。這種甘薯湯根本不是人吃的，阿公卻把它當飯吃，還吃了將近半個世紀，而且有時還吃不到呢！因為那臭甘薯還要到富有人家的田裡去撿拾。從此，他小小的心靈裡，領悟了阿公當時的苦境，他知道他所吃的，已比祖父那時候好上幾千倍、幾萬倍。因之，不再要米飯吃，也不再擇食，只要有什麼，他就吃什麼。

「學仔，看這款天，短期間內，不會落雨。」女人繫好牛，來到他身旁，坐在他的對面。

「嗯。『龍公教』已經過嘍，彼日連雷都沒打。今日是『龍母教』[5]，天氣是這麼好，我看這是無落雨的可能。」學仔邊扒著飯邊說，他已經扒了五碗。

「今年換我們『關田門』[6]。」

「及時播下，還算幸運，若再慢一兩日，今年就免呷嘍。做這種『米篩田』[7]，要看天公的面色呷飯。幹佃娘，種這款看天田有啥路用！」學仔重重放下碗，抹著嘴角說。

「也不要太歡喜，雖然種了下去，如果不繼續落雨，還是免收。」女人的表情很木然。

「幹佪娘，不落雨，我就趁還沒枯死以前，統統割給老牛吃，我不給天公伯蹧蹋。幹！」學仔站了起來，走向茶壺。飯後喝茶是他多年來的習慣。

茶壺很舊了，是阿公留下的傳家寶。把柄都已經斷了，不過，他捨不得丟掉它，它確實是太耐用了，若是換上現在偷工減料的產品，恐怕沒用上一年就壞掉了。

他換上一條銅線穿著來提，銅線因使用過久，表面生了些微的銅綠，黑黑的，已經失去了銅線應有的光澤。他用左手的食指抵住茶壺蓋上的小孔，右手握住銅線，把茶壺提得高高的，邊倒開水，嘴邊湊在茶壺蓋上喝了起來。茶壺蓋上那把子，可能用久，有點鬆壞，喝的當中，水滴不斷掉下來，有些沿著他的手臂，流到手肘處才滴落下來。

喝後，他摸摸圓圓鼓鼓的肚子，看了女人一眼，便望向這一莊的秧田。阿幸伯的秧最早插，混有除草劑的肥，早在插後三天，就撒下了，現在長得好綠好綠；慢點插的人的秧苗，也由黃綠轉向綠色了，都有點闍雞尾了。只有他的秧還黃黃的，就像沒晒著陽光的小草，一點生氣都沒有。更慘的是，還有一坵水田沒插下秧呢！

「囡仔早起有吼無？」他把眼睛轉向女人，兩眼盯著女人看。

「有，吼了一會兒，我飼他牛乳，又擱睏去嘍！」女人淡淡地答。

「噯！」他長長嘆了口氣。

「我也該回去嘍，等一下囡仔吼！」女人說著站了起來，收拾碗筷：「返去共伊洗身軀，這幾日天氣熱，無洗身軀的話，身體難受，較愛吼！」

女人走後，他到樹下牽牛，繼續犁著田，下午再扒它一遍，才可趕上明天插。

陽光像一個瘋狂的醉漢以它有力的手，狠狠地鞭打著大地。田裡的水，有點燙人，被蒸發而上升的水氣，清晰可見。

本來是不打算想它的，但手一握犁把，最近的事，就那麼頑皮地在他面前晃著晃著。

——姊夫，阿哲掉落「豬菜池」[8]，趕緊返來。

那天，他正在犁一坵旱田，準備種麻仔，突然，妻弟氣吁吁地跑來。

——有按怎無？

顧不得繫牛，拋下犁，整個人衝上田埂。

——不會講話，只會應。

——哲！阿哲！

衝進門，他喊著兒子的名字。

——嗯。

孩子應著，聲音很微弱，像是氣息奄奄的病人。

他看情形不對，叫女人抱著孩子，連衣服都沒換，鞋也沒穿，就跨上機車，發動引擎，直奔鄉裡的小醫院。

到醫院後，醫生給孩子打了一針，孩子清醒了過來，醫生說可以回去了，沒什麼要緊。

——阿爸，我要呷西瓜！

走過冰果店，孩子吵著要吃西瓜。他買了一塊給孩子，孩子津津有味吃了起來。

——有甜無？阿哲。

——甜！阿爸呷一嘴！

孩子把西瓜拿到他的嘴邊。

——嘸免啦，阿哲自己呷就好。

他把臉移開，摸摸孩子的頭說。

看著孩子高興地吃著西瓜，他緊懸的心稍稍鬆了下來，不過，他仍不敢大意就這麼回家，於是到一個朋友家，他想在那裡等一段時間看看，如果有什麼意外的話，好及時延醫治療。

——阿爸，給你，我不要呷。

孩子西瓜還沒吃一半就交給他了。接著就嘔吐了起來。他知道大事不妙，一定是腦震盪，要不然，是不會嘔吐的。

叫了輛計程車，他連考慮都沒，就直奔城裡的省立醫院。

——哲！阿哲！

在車上，他叫著孩子，就像平常工作回家，他叫孩子一樣。

——嗯。

——哲！阿哲！

——嗯。

——叨位痛？共阿爸講。

孩子用右手食指指著頭，那小手是那樣無力。叫著，孩子應著，聲音卻愈來愈微弱，終到只看見小嘴開閉著。

——哲！阿哲！

孩子不再應他了。

「歐！歐！」

他突然發現牛不走了，催促了一聲，牛仍站著不動，他張大嘴巴，想大喝一聲，還沒喊出聲來，猛然看見牛頭抵著田埂，原來已犁到對岸，該轉頭犁回來了，怪不得牛自動停了下來。

還好，沒打牠，要不然牛恐怕奮力爬上田埂去踏到已經插好的田。他拍拍胸脯，慶幸著。

他右手提著犁，左手把牛繩向後拉了幾下，牛就會意地向左轉過身來。

——先生，請你甲我做伙去辦公室。

醫生診斷過後，也沒說孩子怎麼樣，就把他請到辦公室。

——囡仔有救無？

還沒等醫生開口，他就急著問。

——請坐，我們慢慢講。

醫生指著椅子，要他坐下。

——看你的穿插，我知影你不是有錢人。

他看看衣服，這才發覺穿在身上的是滿是泥巴，而且又是千瘡百孔的工作服，他有點窘地點點頭。

——囡仔要開刀的話，十分只有二分的希望。要不要開刀，你好好考慮一下。

——十分只有二分的希望！

他覺得說這些話時，費了好大的勁才說出來，全身一點力氣都沒有，就像癱瘓的病人。

他極端困擾的搔著頭，眼睛閉著一眼，因用力咬著牙齒，所以嘴微張著。

救他好呢？還是不救呢？想了老半天，他還是不能下定決心。救他，可以救活的話，那倒沒什麼關係，錢可先借，慢慢再還；萬一救不活？這一筆錢就完全白花了。目前家裡已負了債，這一搞的話，哪一年才能還清？這一生恐怕永遠陷在債務的泥淖裡，無法翻身。

——我問查某人看看。

走出辦公室，他覺得腳好重。想抬都抬不起來，就像以前接連二三天沒睡覺，趕著收成田裡的甘薯一樣，腳重得像被綁了塊石頭。

——看你按怎決定就好。

女人一聽孩子若要開刀，只有二分希望，整個人都虛脫了，不知該說什麼好，全失去了主見。

——我看，免開刀啦！

在醫院的長廊來回踱了不知多少趟，他走回醫生的辦公室，咬緊牙關，用盡平生最大的勇氣，把決定擠了出來。說後，他覺得慚愧，頭都不敢抬起來。

——好，這不能勉強。醫藥費是相當驚人的。

「學仔，明日能播？」

「學仔，明日能播？」

他猛然從回憶中驚醒，抬頭看見阿辛伯站在田埂上，連忙說：「大概可以？」

「叫你二遍，無聽著？想什麼？」

「無啦！我無注意聽。」

「是不是又想囡仔？」

「……」

「一切是命，免想啦！明日我來幫你播田。」

「免啦！無閒就免啦！」

「客氣什麼！大家都是厝邊，這有什麼好歹勢？」阿辛伯點了一根新樂園：「秧仔拔好未？」

「拔好啦。」他拉了牛一把，牛就停了下來，指指額頭汗水，站著和阿幸伯講話。

「好，你無閒你的，明日我再來幫你播。」說完，阿辛伯就走了。

他看看還沒犁完的，只剩下幾來回而已，咧著嘴對牛說：「卡忍耐，快要好了啦。」

他的笑，是那麼苦澀，是那麼僵硬，一看就知道笑中隱藏著萬千的哀淒。

——你敢忍心看這個囡仔，就這麼死去？

——你的心肝那會這麼硬？伊是你的囝呀！

——做人老父的人，哪會不救自己的囝？人講虎較歹，也無咬自己的囝！

——……

來來往往的護士，和圍觀的人潮，有的當面斥責他的忍心，有的竊竊私語著。

他們沒有一個認為把孩子放著不救，眼睜睜看著他死去是對的。學仔聽在耳裡，苦在心裡，那種滋味就像上次吃一種叫雞屎藤的草藥。

我該怎辦？救他？不救？抱著頭，他陷入無底的深淵裡，他覺得他的頭就要爆炸了，一股莫名的氣，像水蒸氣掀鍋蓋般地衝頂著他的頭蓋。到底該怎麼辦？他看看站在一旁的女人，想從女人臉上得到解答，女人卻以他相同的無助的表情回答他，嘴微張著，是那麼淒慘無言，無可奈何。

——少年仔，你應當救你的囝。到這種地步，死馬也要當活馬醫了。

一個白髮皤皤的老太婆走到他面前，語氣很權威，獨裁地責備他不該這麼對待他的兒子。

——阿婆，不過，醫生講伊只有二分希望。

他說後，用手拭著汗，從一進來，他到現在才感覺是這麼悶，這麼叫人透不過氣來。

——你不能只考慮二分希望，目前你所要考慮的是趕緊挽救囡仔的性命。

阿婆似乎生氣了，說話的語調提高了。就像躺在病床上一動也不動的孩子，是她的親人。

——萬一……

——不要想到萬一了，錢可以慢慢賺，生命可以？敢講你父子一點感情都無？雖然你窮，你總該盡力挽救囡仔的性命，這才合情理！

——我……

他張著無助的嘴，想說什麼，說出嘴邊，卻哽住了。

——趕緊去請醫生來開刀，緊一分鐘囡仔就多一分希望。

阿婆的語氣降低了，好柔和、親切，點醒了他的慈父心。

——醫生，我決定了。開刀，開刀！緊救救我的囡仔，救救我的阿哲！

他發瘋似的跑入醫生的辦公室，沒穿鞋的腳板，踩在醫院靜靜的迴廊上，響聲特別大，就像他瘋狂的決定。

——哲！阿哲！阿爸要救你了，阿爸哪會不愛你？

他握著孩子的手，猛搖著，孩子仍靜靜昏睡著。

醫生馬上為孩子開刀，那時離進入醫院已過了整整三個小時。

「當初無猶豫的話，囡仔可能有救，幹！」他自言自語罵自己當時的疏忽。

「好！好！」

犁完了，學仔喝住牛，用手遮住陽光，抬頭看看掛在天空正中央的太陽。依照經驗，他知道快十二點了，差不了幾分的。

回到家，女人正在做飯，他肚子並不餓，只是覺得累，一種不僅僅是肉體的，還包括了精神上的累。他沒走入房裡看孩子，沒聽到孩子的哭聲，表示孩子靜靜睡著，他不能吵醒他，直接往柴房走去。

躺在床上，他扭開小電晶體收音機，把指針調到平常聽的那個頻率上，熟悉的播音員的聲音，正以哀淒的音調唸著聽友寄給他的「我該怎麼辦」這個專題的信。聽這個節目，他最喜歡這個專題，每每為那些人的苦痛、徬徨所感動，好幾次，他寫了信叫主持人轉給那些不知何去何從的人，他告訴他們無論如何要堅持下去，萬萬不能屈服困境；他還告訴他們，說他也是個處在逆境的人，但他並不向命運低頭。

沒想到，他今天也落入這個我該怎麼辦的深淵。好幾天，他想提筆寫封信到電臺去，每每卻因寫到一半，覺得沒法寫出他內心的苦痛，而又把它撕了。

他並沒把今天的「我該怎麼辦」聽下去，從孩子跌入豬菜池以來，他天天仍聽這個節目，卻一直都沒聽進去，只覺得播音員哀淒的聲音，沈重地打在他的耳膜上。震得他耳朵嗡嗡作響，其他什麼都沒有了。

眼前不斷浮現孩子那張寫滿痛苦的臉。那張扭曲而有點變形，叫他幾乎不敢認的臉。眨了下眼睛，影像在閉眼的瞬間消失了，卻又在睜眼的當兒浮現上來，像衝著海岸的波浪，一波退，一波又進。消失、出現、消失、出現……。

想著、想著，他睡著了。他確實是夠累的。睡臉，以前是和祥滿足的，嘴，也是沒張過；現在，不但哀愁刻鏤整個臉，嘴還張著，配上緊鎖的雙眉，看起來是那麼無助、無奈。命運之神，在他休息的時候，仍沒忘記作弄他。

一覺醒來，已是午后三時了，他問女人為什麼沒喊他，女人說看他太累了，要讓他多休息一會兒，所以才沒叫他。以前他午睡，最遲在二點就起床了，今天怎麼會睡到三點？大概太累了，他自言自語道。

他感激地看著女人，就蹲在飯桌旁的長板凳上扒起飯來。吃飯他都會蹲在椅子上，那是學阿公和阿爸的。有次，他問阿公為什麼吃飯都蹲著，阿公回答他說「食飯無跔（蹲），較慘作穡（種田）無牛」[9]，說蹲著吃飯比較爽快。

他很想試試是不是蹲著吃比較爽快，於是便在阿公旁邊蹲了下來，起先感覺很不習慣，全沒快意可言，腿頂著肚皮，怪難受的。現在沒蹲，倒真的吃不成飯了。

吃過飯後，抹抹嘴巴，順手把腳帶到板凳上的泥沙掃掉。向女人擠個眼，草笠一戴，割耙[10]往肩上一提，就往田裡去了。他必須在今天下午把田扒好，趕著明天插下秧，要不然再延個半天，恐怕就沒水好插了。

「歐！歐！」

他催捉著中午好像沒休息好的牛。

——醫生，囡仔開刀的傷口都已經好嘍，為何還不清醒，只有時開嘴吼吼，一句話也不會講？這是按怎？

入院二星期了 孩子的病況都未見好轉，整天除了睡外，就只偶爾睜眼哭個一兩聲，叫他，連應都不會，真把他給急壞了。醫生一來，他就揪著問。

——再等幾日看看。

醫生淡淡地答。

——還要等多久？

——二禮拜。

——二禮拜！現在已經過了二禮拜！

醫生沒理他，逕自離開了，唯獨他愣愣站在那裡。

「歐！歐！」

牛停下來喝水，許是太渴了，他站著看牠貪婪地大口大口地喝。等牛喝足後，他抖抖繩子催促著牛。

──醫生，囡子喉嚨有一口痰哽住，呷藥那會呷不好？

一個月過去了，孩子的病情仍沒起色。反而患了肺炎，喉嚨積著痰，咳都咳不出來，孩子的呼吸變困難。

──沒關係的，慢慢來，毋免急。

醫生一付愛理不理的樣子，好像太平間多一副死軀少一副死軀，對他來說都是不重要的。

──囡仔都瘦了，哪會無關係？

他近乎咆哮地喊著。他最看不慣省立醫院的醫生，他們把人的生命看成兒戲，都認為不幸醫好了，那是病人命大，死了，那是活該。他們都在混，只等下班趕快回到他們的附屬醫院，賺些外快。幹恁老母，看甲這款醫生，真叫人咬牙切齒，他咀咒著。

──現在醫腦，那會顧著肺炎？

醫生仍是那副不干他屁事的樣子。

──醫腦就不能醫肺炎？有這款代誌！你是不是要我送你隻雞，或是禮物，才肯開出好藥來？

一股無名火像六月天的太陽，在他心中焚燃著。他想起阿生伯告訴他的話，說省立醫院一定要捉雞或送禮給醫生，要不然拿不到好的藥。但，他哪來的雞？大大小小連母雞小雞都賣光了，現在雞舍空空的；哪來的錢送禮？都給孩子付醫藥費了。一個禮拜要六七千塊呢！幹佪娘，再要送禮的話，恐怕要剝自己的皮去製革賣了。他把牙齒咬得叩叩作響。

醫生納悶地走了出去，他重重地跌坐在女人的旁邊，他看看女人，女人以責備的眼光看他，示意他不該這麼衝動。他不好意思地低下頭，一味地看著地板，腳毫無目的地在地上畫起圈來。

——少年仔，火氣不要這麼大。在公家病院共醫生鬧意見，這對你真不利。

同病房的一個照顧丈夫的老太婆，拍拍他的肩膀說。

——住一個多月的病院，囡仔的病都無較好！

他攤開兩手，無助地看著阿婆，表情是由愧疚、焦急和不安交織而成。

——誰不緊張？這樣好了，我報你去一個所在碰運氣。

——叨位？

——茄定，這個中醫師真有名，曾經有患腦膜炎而被拋在牆角等死的囡仔，被他醫好了。你可以去找伊拿藥回來給囡仔呷看看。

向阿婆問了地址，他馬上去找那個中醫師，把孩子病情告訴他，當天就拿回二帖藥，隨即吩咐女人煎給孩子服用，沒想到，隔天哪口堵在喉頭的痰就化掉了。

「好——，好，停——，你停一下喘，我呷幾嘴滾水。」他拍拍牛背說。

蹲在田埂上，他大口地喝起開水來，像隻餓了幾天的貪婪的野狗。由於喝得太快，好多水沿著嘴角流下來，弄濕了汗衫。他的汗衫濕得可以擰出好多水來，像是條浸了水的毛巾。

——醫生，還多久可以出院？

——再一個禮拜看看。

醫生兩手交抱在胸前，眼睛不看他，擺出一張若無其事的臉。

——再一個禮拜！到底要什麼時候才能出院。

他轉臉向著醫生，眼睛瞪得大大、圓圓，兩手氣得在空中顫抖著。

——這不是我能決定的。病人的病不轉好，我有什麼辦法？

醫生放開環抱在胸前的手，攤開兩手，做出莫可奈何狀。

——做醫生還判斷不出，做什麼醫生？做我羼鳥[11]！

他霍地兩手捧著下部，往醫生面孔一送。

整個病房頓時鴉雀無聲，病人坐了起來看熱鬧，連在一旁照顧的家屬，也都靜靜站在一旁看這場熱鬧。

——講無法度判斷就無法度判斷。

醫生有些氣惱了，似乎不甘當眾受這種下流的屈辱。

——有話慢慢講！有話慢慢講！

有位病人的家屬出面制止。

他並沒把這位勸架者的話聽進耳裡，一股怒氣充塞心頭，額頭和脖子的青筋一條條暴脹起來，他用右手食指推了醫生一下額頭，破口大罵。

——我不能忍耐了，再忍耐的話，囡仔的性命就無嘍，每日注射注射，手腳都注腫了。

他愈說速度愈快，像決堤的河水，無法遏止。一股緊張的空氣，支配著病房，連輕微的呼吸聲都可聽得出。

說話的時候，他整個臉向一邊扭曲著。一股懾人之氣叫人窒息。醫生被他說得無以應對，起初還反駁了幾句，後來連反駁的機會和勇氣都沒了，愣愣站在那裡，像是受審的罪犯。

整個病房的人的眼睛似乎都被操控，隨著他手勢的變換，眼珠也跟著轉動。他們雖然沒人出來附和，也沒人制止，但從他們的表情看，他們是高興的，因為他替他們說出心中所不敢說的話。

——少年仔，算了吧！

剛才制止的人，又說話了。

——算了？這種應該共伊教示一下，幹佪娘！

他狠狠瞪了一旁傻愣愣的醫生一眼。

有人把醫生護送了出去，他的氣總算稍減了。

——衫褲整理好，我去辦理出院手續，這個所在不能住了。

他對著一旁發愣的女人說。

——返去也不是辦法。

女人無助地看著他。

——那個中醫師叫我把囡仔帶返去，他要負責醫。

——他有夠力？

——碰碰運氣。

再度走入水田裡，水好熱，有點燙人。上有驕陽的蒸晒，下有田水的水蒸氣的薰炙，整個人就像置身在蒸籠裡。

「歐！歐！」

抓住牛繩，踏穩割耙，又開始一來一往地耙著田。學仔看看還沒犁的部分，估計可以在天黑以前耙完，趕牛的進度不再那麼匆忙了。

田耙得好不好，是很重要的。耙不好，秧很難插，就像在水泥地上插秧一樣，更重要的，田高低不平，會有的地方有水，有的地方沒水，很惱人。

——先仔，大概要醫多久？

那天中醫師來，他問他。

——中藥的藥效較慢，慢慢來，毋免著急。

慢慢來，還有什麼辦法？只有慢慢來了。他除了等之外，還會有什麼辦法？

孩子瘦得剩把骨頭，而且兩手捏得緊緊的，兩腳的腳掌伸得直直的，除了頭會動之外，下半身連動彈都不會。每次看到孩子的這個可憐相，就鼻子酸，不忍心看，而把頭移開。

女人也瘦了，住院期間，孩子都由女人照顧，可能憂鬱過多，才會變瘦。這二個月來，女人受太多太多的操勞和折磨了。

女人也真可憐，嫁到他家後，沒塗過半點脂粉，也沒裁製新衣服，穿的不是人家嫌窄或退時而給她的，就是當時嫁過來時所做的。「枵雞無惜槌，枵人無惜面皮」[12]，沒有女人來照顧後門的話，他可能就要淪為沿街乞食的叫化子了。

當兵前三天，他結了婚，離去時，他告訴女人，三年回來後，要讓她過個幸福的日子。

——這個東西給你，帶到家裡才打開。

駐防在金門，就在數饅頭等退伍的時候，老連長突然把他叫去，遞給他一包東西。

——我怎麼可以回家？

他知道出了外島，是沒那麼容易回家的，除了家裡有喪事之外，而且還要有鄉鎮公所的證明書。

——放你榮譽假！

——真的嗎？

他有點不相信，金門的榮譽假是不讓人回家的。

——當然是真的，連長還會騙人？別忘了，這包東西回家再打開。

——謝謝連長。

放假回家那是天大的喜事，把他給樂昏了，他沒再去想為什麼放假，也沒再去想連長送他的是什麼，更沒想到要打開它。

下了車，他在村裡的小店買了一盒餅乾，是給最小弟弟的禮物。想到就要見到闊別兩年餘的家人，步子輕盈了起來。

——學仔，你回來嘍？太慢了！

路上他遇見阿辛伯。

——什麼太慢？

——你爸已經入土嘍！

阿辛伯把他爸因內痔開刀而亡的事告訴他，聽後，他整個人嚎哭起來，把手裡的餅乾往路旁的林子裡一甩，哭叫著跑回家。

跑入廳堂，他看到香案上父親的遺像慈祥地笑著，馬上跪了下去，把連長那包東西往八仙桌一甩，就浸身在眼淚中了，不用猜，他也猜得出報紙內的東西。他整整哭了一天，無論女人或母親怎麼勸他，他都不理。

——回營前，他不好意思地對女人說，若要過好日子，恐怕要再等一段時間，把父親去世時所花的錢還清才可。

退伍後，他和女人非常賣力工作，債務很快就還得差不多了。那天，他走過豬舍，女人正在餵豬，他告訴女人說這些豬賣後，剛好可還清債務，順便要讓她做幾件新衣服。

——免啦。有得穿就好。

——不！妳一定要做幾領較新的。

——較儉不好？省一點錢給囡仔讀書，還有，你的幾個小弟也要娶某。

——儉是要儉，不過，妳還是要做幾領新衫褲，若無，我會對不起良心。

有誰會想到？他話說沒三天，就發生了孩子跌到豬菜池的事？為了付醫藥費，豬仔不得不提早賣出。

「歐！歐！」

他以為豬仔一斤可賣個三十塊，沒想到，從市場請來的豬販仔都只出價十九塊，他一聽之下，幾乎氣昏，一斤肉價六十塊，一斤豬價卻只十九塊。幹個娘！這些豬販仔真是「食蟲食血」[13]。

不賣又不行，醫院催著要錢。不得已，去找了一個小學的好朋友，現在專門做販豬生意，原以為他會出高一點價，卻沒想到「做官騙厝內，做生理騙熟似」[14]，出價更低，僅十七塊。

——不能多點？

——現在天氣熱，無人食肉，行情歹。

——你知影，我需要錢。

——你總不能叫我做了錢的生理。

幹個娘，這款叫做朋友！他只有打自己的腦袋了。

最後雖然賣出了，卻只賣個二十塊，比起以前的三十塊，差不多少賣了一萬塊。現在農會的人都是食菜的，不辨共同運銷，讓我們這些農人受豬販仔的氣，整日只會喝酒猜拳而已，幹！政府飼一些沒路用的東西。幹！「生雞卵的無，放雞屎的有」[15]。他咀咒著，踩向水田的腳不禁加重了．飛濺起一些泥巴。

「好——，好！停——」

田耙完了，學仔喝住牛，卸下耕具。

不知什麼時候，日頭悄悄地墮了下去，黃昏被犁耙耙斃在水田裡，被黑夜捏住脖子的白晝，遂以一張悽慘無言的嘴哀嚎著。

「歐！歐！」催促了一聲牛後，他走入無垠的黑中。

——刊於《民聲日報》民聲副刊星期小說展　一九八〇年十月十七至二十二日

註

1 指女人。

2 套在牛背上，讓牛拉車或犁的工具，形狀像電學裡邊歐姆的代表符號。

3 甘薯簽較輕，浮在上面，米則沉在下面。

4 竹筍和鹽、豆麴一起醃製的，很鹹，鄉下窮苦人家用以下飯。

5 農曆六月三日俗稱龍公教。六月七日為龍母教。相傳天下雨是因龍吸海水來的，如果母龍能把小龍教會吸水，也就是在三、七日下雨的話，那年雨水就充足。

6 村莊裡最慢插完秧的，叫「關田門」。

7 指不會保持水很久的田，天若不常下雨，就難有好的收成。

8 鄉下養豬人家用磚所砌成的池子，通常把豬菜放在池中發酵，過一段時間再取出煮，這樣的豬菜比較容易煮爛。

9 意思是說不蹲著吃飯是比種田缺了牛還苦的差事。

10 用尖尖的鐵棒連成一排，犁完田的時候，通常用它來耙平田，並使泥細碎均勻，而讓插秧時能很順手。

11 男人的生殖器，是罵人的髒話。

12 飢餓的雞和飢餓的人，除了想吃之外，是不會考慮到其他的，什麼事都能做，都敢做。

13 趁機剝削、壓榨。

14 當官的矇騙家人，做生意的欺騙熟人。意謂為官無不詐，經商無不奸。

15 形容團體中沒有能帶來利益或好處的人，只有會惹是生非，帶來壞處或麻煩的人。

雷打秋．年好收

照慣例，直到夜以痙攣的手囚住整個村莊，石鐵伯才和他的兒子進丁、進財由山裡回來。

「阿爸，還幾天才完工？」回家後，小女兒好仔邊端出洗澡水，邊笑問著。

「差不多再一二日就可種樹薯了。」石鐵伯用毛巾抽洗著背，答著。

「樹薯沒漲價，為什麼還要再種？」好仔對於父親的看法，有點不解。

「土地這麼瘦，最近又領不著肥料，哪能種別的？」出現在石鐵伯臉上的是一副無可奈何狀。

「你父子講什麼？趕緊來食飯？」從廚房傳來石鐵嬸的催促聲。

餐桌上除了擺著一大盆的空心菜湯外，就是一碗竹筍醬煮吳郭魚。

「阿爸，咱們應當吃好點！」進財看見飯桌擺著的菜，仍和中午一模一樣，發牢騷著。

「誰不想吃好呢？不過，你想看看，你們兄弟未娶，還有阿好仔未嫁，現在不節儉，到時候錢哪來？」石鐵伯放下碗筷無奈地搖搖頭說。

「……」進財沒有答腔，低頭扒著飯。

父親的擔子夠重的，就靠著那幾分土地生活著。不但要為兒子娶媳婦，也要嫁女兒，三餐怎能吃好？只是他常按捺不住發發牢騷。

「阿財仔，吃這樣還嫌！以前阿母和你爸只吃竹筍醬渡日，而且飯還是甘薯簽呢！現在有白米可吃，應當謝天謝地囉！還嫌！」石鐵嬸藉機訓了進財一番。

之後，沒人再開口，大家都默默地吃著飯，只有偶而傳出喝熱湯的噓聲劃破靜寂的餐廳。

石鐵伯確實是夠節儉的，為了儲蓄給兒女嫁娶的錢，他粗茶淡飯地過日子。他心目中最重大的心願，就是趕緊了了他的大任——給進丁、進財娶媳婦，和給好仔找個歸宿。

飯後，父子拿著椅子到庭院休息，討論著工作的計畫；石鐵嬸和好仔忙著收拾碗筷和餵豬。

「阿丁仔，今日七月幾日？」石鐵伯吸了一口新樂園後，慢慢地吐出來，問著。

進丁是長子，是個穩重踏實的青年，一向默默地工作。他不像進財時時牢騷滿腹，一會說阿爸不讓他到城裡工作，一會嫌飯吃得不好。

在石鐵伯的心目中，進丁是個可以依靠的孩子，凡事他都徵求他的意見，將來接他衣缽的也將是進丁。

「七月初三。」進丁應道。

農曆的月日，進丁都牢記在心，哪個時令該種什麼，好提醒父親，他可以說是個標準農夫。

「何時立秋？」談到七月，石鐵伯有點緊張。

「昨天呀！阿爸，難道你忘記了？」進丁認為這麼重要的節令，他父親不該忘記的。

「人老就沒用囉！」石鐵伯不勝唏噓。

接著是一陣沉默。和風輕拂著，洋溢著絲絲涼意，如梳子般的上弦月高懸夜空，似在譏笑這家苦命的父子。

「昨天打雷沒？」石鐵伯像忘記什麼，又忽然想來似的。

「打雷……有，昨晚八點！」進財支吾半天，搶著回答。

「是啦！阿爸，昨晚八點打雷！」進丁答。

「子、丑、寅、卯、辰、巳、午、未、申、酉、戌、亥。」石鐵伯邊數，邊按著指頭。

「阿爸，什麼事那麼緊張？」進財一付不解樣。

「八點是戌時。阿丁仔，今年立秋是什麼時？」石鐵伯並沒理會進財，對著進丁問。

「午時。」

「沒打到！沒打著！」石鐵伯狠狠地捏熄菸蒂。

「是什麼沒打到？」進財如被蒙在鼓裡。

「雷打秋，年冬好收。雷沒打到秋，年冬歹收。今年雷沒打到秋，年冬歹收囉！」石鐵伯只顧自己唸著，沒去理會進財。

「阿爸，雖然雷沒打到秋，不過，今年雨水足，不會欠收的。就像幾年前，那年雷也沒打到秋，但是年終收成還是很好。」進丁安慰著父親。

「穀子一百斤陸佰圓，如果今年豐收，就可以給阿丁娶某了，唉！」石鐵伯深深地嘆了一口氣。

「阿爸，『雷打秋，年冬好收』，古早雖然這麼講，但不一定正確，不要那麼迷信！」進財也安慰著父親。

「咱們這幾分看天田能否豐收，只有看天意了。」

——哄隆！哄隆！

一道閃電消失後，雷聲即隆隆響起。緊接著，淅瀝的大雨也急驟起來。

「阿爸，今年雨水這麼足，豐收沒問題了。阿兄的婚事可以舉行了。」對著每個夜晚都來造訪的雨，進財微笑地對著父親說。

「但願如此。阿丁仔，今年你幾歲？」石鐵伯把臉轉向進丁。

「二十二歲。」

「二十二歲，二十二歲是完婚年。今年娶某，明年就可替阿爸生個『龍』孫了。」石鐵伯呵呵笑著。

「石鐵仔，你們父子那麼有話講？睏囉，明天還要挖山！」房裡傳來石鐵嬸的叫聲。

雨仍下著，到午夜就會停，明天仍是個晴朗的日子。中國北方有「瑞雪」之稱，而這種雨，該叫「瑞雨」吧？

——刊於《民聲日報》民聲副刊

這一季

大年初二，平時赤裸著上身，光著腳板，與泥土為伍的村童，仍穿戴得整整齊齊，玩著放炮唬人的遊戲。

而，大人仍聚在財旺仔的屋角，玩著押三六的賭注。

「著了，三粒都是么。」水生樂得合不攏嘴，使勁地拍著大腿。

「水生真好手氣，連連著了三次！」連老本都快輸光的阿水羨慕地說。

「再贏三次，就可年頭呷到年尾囉！」一旁看著手上戰爭的阿盛伯，連眼都不眨一下地看著水生手中的錢。

「拿去，拿去，算看夠不夠！」內場輸不起地甩來一大把鈔票。

贏了的哈哈聲，輸了的喟嘆聲，夾雜著旁觀者的議論聲，已經把年冬歉收的苦悶，沖到九霄雲外去。大家似乎想用賭來麻醉兩年來歉收的悒怏。

浸在水裡等待下播的穀種已超過時限，而長出小鬚根，但沒人理會它。二年來的歉收，已使大家失去了信心，都認為：這一季裡不管快播慢播，一定和前二季一樣，歉收定了。

「阿生仔，穀種出芽囉，還不趕緊下播！」阿土伯趕到賭場，氣得連拿水菸斗的手都顫抖了起來。

「阿爸，不免那麼緊張，明天再撒吧！」水生連看他父親一眼都不，繼續押著錢。

「明天，明天，每次都講明天，到底，是哪個明天？」阿土伯有點冒火了。

「明天一定撒，明天。不要吵了，手當順！」水生不耐煩地揮著手。

阿土伯氣得吹鬍子瞪眼，可是，這又有什麼辦法？只怪自己太老了，否則早就自己撒了，何必來受這孽子的氣，跟自己過不去？

「對啦！阿土伯，慢一天沒什麼，總不會差那麼一天。」牛港不知是為水生說話，還是想給阿土伯壓壓氣。

「哼！囡仔人知影什麼？」阿土伯更生氣地說。

「阿土伯，何必動那麼大的火氣？您想看看，前二年的穀子都被風颱嫂給收去了，今年還能免？」牛港理氣直壯地說。

「照你這麼講，就免種免吃了？」阿土伯有點近乎咆哮了。

「……」

牛港自知得罪了阿土伯。緊張得接不上腔。在一旁的手上戰爭，也因阿土伯聲如洪鐘的咆哮聲，而暫時停火，大家望著阿土伯那張漲紅的臉，胡疑不解。

「大家該收場了，開始撒種吧！今年是豐年呢！」突然老村長進德拄著拐杖，慢慢地走過來。

「村長伯，您哪會知影今年是豐年？您又不是天公！」鐵釘仔傻乎乎地看著老村長。

「戇囡仔，你沒看今年的春牛圖？」

「春牛圖！在哪裡？」

「在這裡，你們拿去看看。」老村長從那件黑色的布紐衫的口袋，掏出一張粉紅色的春牛圖來。

經老村長這麼一說，大家你看我，我看你，說不出話來。原來，大家賭糊塗了。竟連春牛圖都忘了看。

於是大家不約而同地圍住鐵釘仔，爭看春牛圖。

「五穀有盈餘，秦燕豆麥好，吳越足糧儲，春夏水均調，秋冬鯉入門……」老村長戴上老花眼鏡，一字一字唸著，眼光中充滿信心。

「散！該散了！大家撒種去！」老村長的到來，點醒了昏迷的村人，大家拍拍屁股，各自回家去了。

頭戴著竹笠仔喂，遮日頭呀喂！手牽著犁兄仔喂，行到水田頭，奈噯唷呀犁兄仔喂，日曬汗那流，大家著合力呀喂，來打拼噯唷喂，奈噯唷呀里多犁兄仔喂，日曝汗那流，大家來打拼噯唷喂。……

一時，大家挑著簍筐，哼著牛犁歌，穿梭在秧田裡，開始了撒穀的工作。很快的穀種發了芽，一根根綠的秧苗迎風舞著。

「阿爸，可以插秧了。」隨著日子的流逝，整天為秧苗施肥、灌溉、噴藥的水生，驚喜地告訴阿土伯。

阿土伯掠掠鬍鬚，一聲號令，全家便動員起來。

「阿生仔犁田，其他的人拔秧苗！」阿土伯儼然是位指揮若定的萬軍統帥。

「阿公，我？」六歲大的小孫子仰臉看著阿土伯。

「牽牛給你老爸犁田。」阿土伯不使他失望，馬上給了他工作。

「哇！牽牛，好！」小孫子高興得飛跑往牛棚去了。

剛耕過的田灌了淺淺的水，大家弓著腰，把油綠綠的秧苗插進非常鬆軟的泥裡，阿土伯也捲高了褲管，脫下了上衣，踩著兩腳濕涼的黃泥，擔任配送秧苗的工作。

「人老撥無土豆，啊，老囉，老囉！」還沒到正午，他就支持不住了。

「阿爸，您先回去！免得累壞了身體。」水生由水田那頭傳來關切。

「我不工作就是了，我在這裡看你們！」說完，就坐在田埂吞雲吐霧起來。

畢竟他真的老了，已經沒有年輕人那股快勁，手腳不但不靈活，力氣也消減了。

水田映著藍藍的雲天，映著白花花的春陽，也映著每一張黑亮的臉龐。

插秧者辛勤地插種著，插種著深深的希望，希望能有豐收的一季。

汗灑水田的過程終於完成，接著便是灌水、除草、灑藥的龐雜工作。

水生荷著鐵鏟子，往往返返的走在小河的土堤，忙著灌水的工作。小河的水來自遠遠的嘉南大圳，圳水終年嘩嘩。小河的水常堵塞，所以要來回巡視，避免淤塞。

除草最苦了。頂著火辣的驕陽，跪著田裡，摸著田裡的每一寸泥土，以一種耐心的來回，以一種永恆的重複，摸掉混生的雜草。

忘記了滾圓的汗珠，跪著、爬著、摸著，由田裡的水漸漸熱了，燙了，到漸漸暖了，涼了。

緊接著便是施肥。水生挽著竹籃，一把一把地揮灑著「硫酸錏」；隨著風的吹動，揚起陣陣白色煙霧，也揚著這一季的希望。

「阿爸，稻苗的葉子有捲心蟲，而且患了『白尾崙』的病，怎麼辦？」水生急得如熱鍋的螞蟻。

「不要緊張，噴灑『米倍收』、『普殺松』、『地特靈』就沒代誌了。」

水生連忙依著父親的吩咐，背著半自動的噴霧器，替稻苗醫治病痛，像愛護一個初生的嬰兒，用全部的心神和精力來照料它們、撫養它們。

終於，稻苗挺出大大的肚子。接著又抽出一根根帶有白色花蕊的稻穗，風過處，翻白的稻花盪起無數溫柔的浪紋。但，這還不是真實的，翠綠仍承受不了打擊，唯有金黃的稻穗才是真實的，因為唯有它才是確確實實經過大自然的折磨。

翠綠只是成長中的一個過程，過程雖美，畢竟不值得追求，大家要的是成長的終結，是金黃的稻穗。

站在田埂上，水生想著兩年前大豐收的情形，也想著兩年來的歉收情形。

豐收年，大夥兒一大早頂著寥落的晨星，浴著滿身涼涼的清風便下田了。揮動著鐮刀，踏著打穀機，興奮忙著，大聲地談笑著。

在落日的餘暉中，扛著一麻袋一麻袋的稻子歸去。晒穀場上，男人們充滿喜悅；古井旁，女人們也充滿喜悅。喜悅寫在每個村人戇直的臉上。

歉收年，大家正磨著鐮刀等待收成的喜悅時，颱風竟把她的裙裾拖了過來，掃走了村人的血汗，也掃走了村人的希望。

前年，大家依然踩兩腳黃泥，弓著身子插秧，依然守候小河的土堤灌溉，依然頂一頭火樣的烈日除草，依然像愛護嬰兒一樣地施肥噴藥；從沒失望過，從沒偷懶過，希望仍高懸村人的臉上。沒想到，又給颱風收成去了，從此，豐收在村人的眼裡，成了陌生的名詞。

「水生，想什麼？」不知什麼時候，阿土伯提著水菸斗來到水生旁。

「想兩年前豐收的喜悅，也想兩年來歉收的落寞！」

「過去的代誌，還想它幹麼？」阿土伯搖搖頭，嘆口氣說。

「阿爸，今年我們會豐收？」

「該可以吧！天公不應再折磨我們了！」阿土伯注視著金黃的稻穗，但他仍不敢肯定。

「假使不能，怎麼辦？」

「我們還有下一季！」阿土伯捏著拳頭說。

「下一季！」

「是的，下一季！難道每一季都會遇上颱風？我不相信！」阿土伯以無比堅定的信心說。

——刊於《民聲日報》民聲副刊

庚壬伯的一天

「幹×娘，還不卡緊行！緊犁完，緊停睏！唉！」庚壬伯吆喝著若無其事地拉著犁的牛。從大清早到現在才犁完這坵水田的三之二，牛喘著氣，他也喘著氣。太陽狠狠地壓在他略為佝僂的背上，他看起來確實有幾分老邁了。

二湖的每坵水田，都已插上了秧，甚至有些人的秧苗已由黃綠色變成深綠了，只有他的水田才只二分之一插上秧苗。

「停睏一下，你喘口氣，我喝杯茶。」他拍拍牛背說。

脫下斗笠扇著風，取出繫在腰間的臉巾，擦拭著額頭的汗珠。點燃了一支新樂園，深深的吸了一口，然後慢慢地吐出來。

他搖搖頭，走近那陪伴他五十多年，手把子已經代之以銅線的茶罐。掀開蓋子，用食指抵住蓋上的小孔，一口氣喝了五蓋子，然後用袖口擦擦嘴角殘存的水滴，站了起來。

隨著走動，肚子裡的水咚咚地跳著，他情不自禁地拍了拍腦袋，笑著說：「忙得糊塗了！」。原來剛才喝了五大蓋子，而現在又喝了五大蓋子，怪不得肚子裡的水大叫客滿。

望著別人那些綠油油的秧苗，著實有滿腔的感受，但是，除了搖搖頭之外，他還能說什麼？唯一的兒子警旗吃不了這種日出而作，日入而息的苦，到城裡開計程車去了，所以他只有拖老命了。還好，他把一半的水田租給茂貴，否則在這個插秧期，他的老命恐怕要與這些水田打賭了。

太陽照得水田升起縷縷的水氣。他著實累了，但眼見快乾涸的田，他不得不硬撐下去，他必須在這兩天內插下秧。

「駛×娘！一支菸呷不到五分鐘！」他咒罵著。

把那短得可燒痛手指的菸蒂，狠狠地拋入水田裡，只聽「吱」一聲，火便熄了，隨著風兒的吹動，菸蒂飄浮著。

「庚壬伯！庚壬伯！」

當他正想再掏出一支菸來吸時，聽到一聲熟悉的叫聲。他把斗笠壓低點，擋住直射的陽光，原來是阿明從田埂的那端氣吁吁地跑來。

「什麼代誌？急成那個樣子，小心不要跌到水裡！」

「警旗，警旗……」阿明愈急愈說不上口。

「阿旗怎麼了！」下意識他知道事情有些蹊蹺，馬上站起來，緊抓著阿明雙肩。

「庚壬伯，把手放下來，你抓得我好痛喔！」

他經阿明這一叫，神智清了點，放下了手。望著阿明，似乎在等待宣判。

「警旗死了！」

「阿旗死了，不可能！你白賊！伊昨天還回來，不可能！」

「昨暝伊駛車時，只顧和人客講話，當伊看見面前有修路的號燈時，雖然緊急剎車，但因車子速度太快，所以翻了車，伊被壓死了。」

「……」他的口唇動著，但是沒說出話來。

他多麼希望那不是事實，但那卻是血淋淋的事實呀！他整個人癱瘓了。

「我黃家絕後了，天公伯！還我阿旗命來！」他拳頭捏得緊緊的，一包新樂園被捏成一團。平時惜淚如金的他，竟也落淚了。

「伊的屍體？」

「在計程車行。」

「快載我去看！」

阿明發動摩托車，載著庚壬伯往計程車行直去。

「較緊！較緊！」他催促阿明。

警旗回來時，他總叮嚀他開車不要超速，但現在卻要阿明加足馬力。

機車以時速八十公里的速度瘋狂地馳著，他的心也瘋狂地馳著。

警旗的屍體放在棺材內，尚未蓋棺，臉上全無痛苦的表情，是那麼祥和的睡著。

「阿旗！阿旗！」他猛搖著警旗僵凍的手。

「我黃庚壬是做了什麼缺德的事，竟惹得中年喪妻，晚年喪子的報應？」他搥胸頓足嚎哭著。

「不要傷心了，人死不能復生！」計程車行老板將他拉起來。

他知道，傷心是沒用的，警旗的生命不能喚回那是千真萬確的事實。

太陽漸漸西斜，是黃昏了。

他將一根根的五寸釘，釘入棺木，也釘著他破碎的心。

「命運！命運！一切都是命，我只有認命了！」

顧了一輛靈車，將警旗的遺體運回家裡。

「阿旗，你阿母死的時候，你還小，由我一手把你養大。還記得？那時候，你整日吵著要阿母。」

「阿旗，阿爸本來要你繼承我這份產業，但你講，做田沒前途，而要駛計程車。」

「阿旗，昨天，我共你講，要替你找個某，我急著抱孫！」

一路上，他不停地對著警旗說話，雖然他知道警旗不會應他，永遠永遠不會應他，但他仍滔滔不絕地說。

在村裡的小道上，圍著一些村人，他們看了淒涼的這一幕後，都搖搖頭輕嘆著。

「真可憐，那麼少年就死了！」一個老太婆說。

「更可憐的是庚壬伯！」另一個老太婆點點頭，不勝唏噓地說。

對於村人憐憫的話語，他聽在耳裡，苦在心裡。

夜漸漸的老了，年輕的早晨漸漸地顯出了輪廓。

「是的，我最可憐！不過，不管怎麼樣，我還是要活下去。」庚壬伯撫棺喃喃地說。

——刊於《民聲日報》民聲副刊

今天是佳期

「阿旺仔，快起來，時候不早了。吃過飯，再到村裏的理髮店吹個風，抹一點油。」從隔房傳來媽的催促聲。

其實我老早就醒了，這麼吵怎麼睡得著？喧嘩的人聲，再加上擴音器的音樂聲，吵得人若非把嘴放在對方的耳邊，然後用盡力氣咆哮喊著，根本不知道對方說些什麼，只可看見對方的嘴唇在極力地開合著。

昨天，我跟阿爸說不必這麼鋪張，也不必說租什麼擴音機，阿爸卻說結婚是人生一大喜事，應該好好慶祝一下，就說再鋪張，也只是一次而已。我真的不希望阿爸把多年含辛茹苦所儲蓄的錢，全花在我結婚上，這實在有點可惜，爸卻說為子女嫁娶是做父母的責任，他不想弄得太寒酸，而招致鄉人的指責，說不注重兒女的婚事。

「來，把這碗飯先吃了，這是昨晚拜天公的。」媽為我添了滿滿一碗，飯上還放著一大塊的瘦肉。

端起飯，我慢慢地扒著，飯桌上的菜好豐富，卻吃不下，一碗就夠了，要是平常，看到這麼好的菜，不一口氣扒它五碗才怪？

昨晚，其實應該說今天凌晨，殺豬公拜了天公。請來一團木偶戲，在我跪拜天公的時候，演著「扮仙」的禮戲；木偶人一個個被用竹棒固定在戲臺上，沒有對話，也沒有打鬥，只是擴音器裏咿咿呀呀放出女人般尖銳的聲音，阿爸說那是請神。

在文錦伯的指示下，行完一切禮節之後，時候還早，兩點不到，媽說我今天還要應付不少客人，要我再去睡一會兒。可是，躺在床上，翻來覆去，還是睡不著，腦海中浮現的都是意文的影子。

意文是我國校的同學，當時兒伴把我和她配成一對，說我倆是夫妻，真沒想到，這話竟應驗了。本來我和意文並不常交往，只是偶爾會面點點頭而已，她在臺南永康一家草菇的農場採菇，而我在家裏當自耕農，平常難得見一次面，禮拜天她又不一定回來。後來，我感覺老是呆在村子裏沒意思，也沒出息，村裏的年輕人都進城去了，回來時穿著都好時髦，只有自己還穿著髒兮兮的工作服，比較之下，實在太寒酸了，人家說輸人不輸陣，於是我跟爸媽賭氣要進城去，爸媽卻因家裏人手不足，工作又多，不讓我出去。不能到外邊混混，於是藉故和爸媽生氣，爸媽沒辦法，只好依著我，剛好那時意文工作的菇舍欠男工，就靠著她的介紹進去了。

第一晚沒地方睡，我就睡在她旁邊，那天晚上，我一點也沒睡著，老是安定不下來，一顆心不停地跳著，轉過臉看看她，她卻睡得好熟好熟，兩眼輕輕合著，面部略帶著微笑，微微傳出呼吸聲。

第二晚就沒和她睡在一起了，不過，菇舍裏我只認識她，所以時常找她聊天，晚上也常一起上臺南的四分子看電影，從菇舍到臺南，要經過一個公墓，她平常就膽小，有次被路旁的小蟲聲嚇得趕緊拉住我的手，握著她柔軟的手，我的心幾乎要從口裏跳出，我不敢想像，那時我臉到底有多紅。

日久生情，時常在一起，我忽然覺得我有點愛她，有空老喜歡找她聊聊。菇期過後，我和他都回到家裏，晚上從田裏回來吃過晚夜後，我常去她家裏坐。當然，這件天大的事情，是逃不過敏感村人的眼睛的，謠傳著我在追意文。

——旺仔，你對意文是不是有意思？

有天，從山裏回來，在路上碰到阿生嬸，她一把拉住我，細聲地問我，好像怕別人聽到似的。

——沒有啦！只是普通朋友而已。

我是有點愛意文的，只是不好意思說出來。

——這有什麼關係？如果有意思的話，告訴我，我替你做媒。

阿生嬸的聲音放得更低，幾乎只有氣息。

——不要騙我，我看得出來。意文這個女孩子真乖巧，娶到她的人一定幸福。

阿生嬸是村裏知名的媒婆，到底湊合了幾對情侶，我看連她都忘了。他說服人的本領真有一套，死人被她那一張嘴一說，也會被說成活的。

——阿生嬸，如果我真有意思的話，我會去找妳。有空來坐。

說完，我就溜了。

——喂，旺仔，旺仔……

阿生嬸叫著，我沒回頭，直往家中走去。回家後，我把這件事告訴母親，想看看母親的反應。

——旺仔，意文這個查某囡仔真的不錯，很乖，很聽話，如果你對她有意思，阿母很贊成。

——妳贊成有什麼用？人家不知對我的看法怎麼樣？

——那我就託阿生嬸去探探風聲好了。

我自己並不敢抱很大的希望，有很多人去說媒，意文都說還不想嫁人推辭了，雖然她對我還不錯，至少沒厭惡之意，但說她喜歡我，我就不敢保證了。

做夢也沒想到，事情進行得很順利，阿生嬸去了一次就帶回好消息，意文本身說沒意見，只要他父母親答應就好，這當然是藉口，什麼人都可以看得出；而她父母也表示贊成，不過要生日時辰算過之後，合的話才贊成。

更叫我高興的是，生辰拿到文錦伯那裏一算，沒相尅，文錦伯還說意文能蔭夫（幫助丈夫成大事），這樁親事也就這麼定了。

「還不趕快去洗個頭，都快九點了，十點就要娶親去了。」媽又催促著。

洗完頭回來，僱用的計程車也來了，二輛，一輛是新娘坐的，一輛是給伴娘坐的。遠處的親戚也來了，見到他們，禁不住歡喜，都報以他們一個微笑，他們也都對我說聲恭喜。平時，大家很少聚在一起，各人忙各人的，唯有在有喜事的時候，才相聚一堂，忽然我覺得，喜事宴客也有它的好處。

人一多，聲音更吵更雜了，雖然不習慣這種場面，看著男男女女、大人小孩都在為著我一個人的喜事忙碌和興奮，不禁喜上眉梢，有說不出的高興。

「放炮舅啊！放炮舅緊來喔，要出發了。」文錦伯當「伴娶」，看時間差不多了，大聲地喊老早就預約說我娶某時，他要放鞭炮的坤榮。

——旺仔，你娶某時，我放鞭炮好嗎？

——沒問題。

——不過要先考慮考慮，當「放炮舅」要吃下一大碗的麵，你吃得了？不能剩下；還有回程要坐春臼。

媽在一旁笑著說。

村人稱結婚那天放鞭炮的叫「放炮舅」，而且有個規定，要吃完女方所為他準備的那一大碗麵，起程回男方家時，要坐一下春臼。

——沒問題，沒問題，一碗麵而已。

——不是小碗的，是大碗公的！

——就是一桶還是一樣，到時候吃不完，就用個塑膠袋裝好，放在炮籃裏，回來再慢慢吃，沒人知道的。

坤榮說得大家笑了起來。

「來了，來了，放炮舅在此！」坤榮從廚房裏跑出來，手中還拿著一支雞腿。

「趕快放炮，出發了。」文錦伯吩咐著，對這些禮節，他最懂。

炮聲三響，車子開動了，好多小孩子向我招著手，像在迎接凱旋的英雄。

不到五分鐘，就到意文家了，屁股還沒坐熱呢。路途太近了，原先我建議阿爸說用摩托車就好了，阿爸卻說不像樣，會惹人笑議；後來我又問阿爸，看能不能請到花轎。小時候，結婚者都坐花轎，看起來滿好玩的，阿爸說現在沒人抬花轎了，而且大部分的花轎都毀啦，剩下的也只能觀賞而已。

有個小男孩捧著一個盤子，裏邊放兩粒橘子，來「請出轎」，我把車門打開，給了他一個紅包。

小時候，我最喜歡「請出轎」，有紅包可賺，而且又有兩個紅紅大大的橘子吃。

——來，把這個捧著。

大人把一個果盤遞給我，果盤上面放兩個紅紅的橘子。

——朝花轎叩個頭，請子婿出轎。

頭一點，新郎官馬上下轎，從口袋裏掏出一個紅包，放在果盤上，我走在前面，新郎官跟在後頭，在大人的簇擁下進入大廳等候新娘子。

——旺仔乖，紅包和橘子給你，讓你較緊娶個婧新娘。

媒婆接過盤子，把紅包塞進我的口袋，連帶著也把橘子給我，摸摸我的頭說。

——快謝謝媒人婆。

媽在旁催促著。

——謝謝。

向媒婆鞠個躬，抓著橘子興奮地跑開了。

坐在客廳等意文，不知她穿上新娘裝後，變成什麼樣子，一定更加漂亮。有幾個孩子靠著門，看著我，我朝他們笑笑，他們看見我笑，不好意思地嘻哈一聲，跑開了。

「放炮舅啊，緊來吃麵喔！吃完再去坐春臼。」文錦伯喊著不知溜到那裏去的坤榮。他一定先去撩伴娘了。

「麵在哪裏？」坤榮真的從伴娘的房間跑出來。

「在廚房，趕緊去吃。」

「放炮了吧？我吃完了。」沒隔個二分鐘，坤榮又回到客廳了。

「有沒有吃完？不能剩下呀！」

「當然吃完了。」坤榮摸摸鼓鼓的肚皮說。

「好，放炮，新娘進轎。」

文錦伯一喊，意文由房裏被簇擁著出來，後面跟個四個伴娘，我好想看看意文的臉，他卻始終嬌羞地低著頭。走在她前邊，有兩個拿花枝的小女孩，是意文堂哥的女兒。

小時候，我也拿過花枝，那陣子有小男孩拿花枝，現在都改成小女孩了。記得那次，小阿姨出嫁，就由我拿花枝。幾天前，阿爸教我唱一首歌叫「素蘭小姐要出嫁」，我把歌詞中的「素蘭」改成阿姨的名字「秀春」，坐在花轎裏時，我大聲地唱著：「**彼個秀春秀春，要出嫁啦，秀春！看著伊坐在轎內，滿面春風笑微微……**」，逗得阿姨笑得不能止。

今天這兩個小女孩，她們沒唱「素蘭小姐要出嫁」，卻大唱起「好預兆」來，「一座花轎抬到鄭家莊，……」大概是受了時下流行歌曲的影響。

意文還是低著頭，坐在她旁邊，我好想跟她講話，看她低著頭，我也想不出講什麼好。她平常是沒這麼害羞的，是不是當新娘就比較害羞？阿姨好像也是一樣，平常滿大方的，出嫁那天也是低著頭。

很快的，回到家裏了，剛好趕上「進房」的時刻，如果早點回來就要「寄房」，先在別個房間坐，等到時間到，才進新房。

在一串長長的聯珠炮響過，宴客開始了。約出了四道菜後，媒婆牽著新娘到每個客人面前敬菸，我也在一旁為客人點火。宴客完畢，客人漸漸離去，剩下要喝甜茶的親戚，媒婆陪著意文端甜茶，並向她說這個親戚怎麼稱呼，那個親戚怎麼稱呼。

甜酒喝過後，所有的客人都已離去，我脫下穿得很不自在的西裝，幫忙阿爸收拾桌椅，意文也脫下新娘裝，幫忙掃拾。

「你們休息，這個由我們來！」兩三個留下幫忙的鄰居說。

「沒關係！」意文答。

「你們是子婿、新娘！」

「還不是一樣，子婿、新娘只不過是新一天而已。」我打趣地說。

收拾好後，已經薄暮了，往椅子一躺，我不再想今天是什麼日子了，也不管今天晚上要再請幾個客人，我只知道我好累，我要休息。

——刊於《中國晚報》春秋閣副刊　一九七六年六月十二、十三日

獎狀

「爸爸，起床啦！爸爸！」兒子猛搖著我的腳：「快起來吃飯，帶阿興去街上看熱鬧。」

「好！好！爸爸馬上起來。」我虛應著：「阿興先去玩，爸爸馬上起來。乖！」

聽到兒子離去的輕快的腳步聲，眼皮又垂了下來。

「你爸爸還睡覺嗎？」矇矓中聽到阿母問阿興的聲音。

「阿嬤！爸爸還在睡。」

「這麼晚了，還睡！他今天不去學校教書嗎？」

「阿嬤，今天是光復節，學校沒上課。」阿興答：「阿嬤！您不知道？」

「喔！喔！」阿母應著，聲音小得幾乎聽不到：「時間過得真快，又是光復節了。」

「去！快去叫你爸爸起來，說阿嬤叫他有事。」阿母像有什麼急事一樣，緊張地吩咐阿興。

阿興未進來之前，我就撐著身子坐起，實在太疲倦了，猛打著哈欠，昨晚為了把學生的作文簿改完，熬夜到午夜兩點。

阿興看到我已坐起來，在房門站住了，先是一愣，然後轉頭對著外面喊：「阿嬤！爸爸起來啦！」說完，他就飛跑出去了。

慢吞吞的下床，趿著拖鞋走出房門，伸個懶腰，打個長長的哈欠，阿母走了過來。

「什麼事？阿母！」我問。

「快快把飯吃了，然後到旺根伯那裡，向他問個好。」阿母吩咐著。

「昨天才去過，幹麼今天又要去？」我埋怨著：「他好些了。」

「叫你去你就去。不要問為什麼？」阿母有點生氣。

「怎麼每年的光復節都要我特地走趟根旺伯家呢？」我突然想起這是阿母多年來的習慣，每年這個時候，都要我跑趟根旺伯家。

「囡仔人有耳無嘴，叫你去你就去。」顯然阿母不願把她這麼做的實情說出。

我知道阿母的脾氣，不敢再問，何不問根旺伯呢？他一定知道。

「根旺伯！根旺伯！」踏入房間，根旺伯還睡著。

「喔！是水生。」根旺伯睜開眼睛，看是我，馬上要坐起來。

「根旺伯！您躺著就好。」我扶他躺下：「好些嗎？」

「嗯！昨天才來，今天又來了。」根旺伯語意帶著責備，那是善意的：「老毛病，死不了。」

「是我阿母叫我來的。」

「回去和她說，太謝謝她的關懷。」

閒話了一些家常之後，我把懸在心中的疑難說出：「根旺伯，您知不知道我阿母為什麼要在每年的光復節，吩咐我來看看您？」

「當然知道。」根旺伯點點頭：「虧她這麼好記性，沒有一年忘記。」

「能說給我聽？」

根旺伯沒回答我，把眼睛看向牆壁那張裝在鏡框裡，已經發黃的獎狀。是不是和它有關呢？我懷疑著。

小時候，到根旺伯家玩，他都要我唸著獎狀裡的字給他聽。我把我所認識的字讀出來，把那些不認識的字，根旺伯說是日本字的空過去。雖然不識其中的日本字，中文字合起來倒也可知道它的內容。

大意是說根旺伯在奉公的時候，工作特別努力，政府發那張獎狀做為鼓勵。

看了好一會兒，他才把目光移到我臉上：

「當時，我和你阿爸一起被日本人徵調去林園靠海的山裡挖山洞，供日本人儲放彈藥和糧食。日本稱為『奉公』，在那段奉公的日子裡，大家提心吊膽，因為美國的飛機時常來掃射。不幸中彈者，死狀好恐怖，殷紅的血汩汩流著，紅頭蒼蠅嗡嗡繞著死屍飛。

「有一次，飛機來轟炸，你阿爸反應較快，看來不及叫我，一腳把我踢倒，我免於災難，但他的手卻被子彈擦過，傷勢不輕，還好，醫好了。」

說到這裡，我眼眶紅了起來，根旺伯嚅動了下嘴唇，接著又說：

「過後不久，南洋的戰役缺少挑夫，我們又被徵調了去，很幸運，都安排在同一個單位。我們為日軍挑彈藥和糧食，跋涉在重重的高山和森林裡，得不到片刻的休息。為此，我們抱怨過，但沒有反抗的餘地。

很不幸，我們那個單位在一次戰役中，打了敗仗，日軍只顧逃命，把我們這些挑夫棄之不顧。在逃命的當中，你阿爸中了彈，倒地不能再走。

『我背你走！』我替他包紮。

『我不行了，你緊趕逃命吧！』

『我不能把你丟下不管呀！』

『快走！要不然來不及了。』他催促著我：『有件事拜託你，希望你能答應。』

『什麼事？』

『替我照顧太太，還有孩子水生。』說到這裡，他只眼睜睜看著我。

我點點頭，他微笑地闔上眼睛。我把他的屍體藏在一棵椰子樹下，用樹葉蓋著，然後快快離去。」

說完，我已經差不多知道內情了。

「你阿爸曾經救我一命，而我卻在他臨危時，無法救他。」根旺伯唏噓著。

「這是沒有辦法的事，又不是你不救他。」我怕他勾起傷心事，傷了身體：「這不能怪您。」

「為了報答他，我只好照他的吩咐，盡我所能來照顧你們母子。」根旺伯看著屋頂：「現在你已經結婚生子，而且有了固定的職業，相信你父親會滿意的。」

「這段期間，謝謝您的從旁幫助，要不然，真不知我們母子要怎麼過日子？難怪我阿母要我每年這天來感謝您。」

「說哪裡話？要不是你阿母能吃苦，我也幫不了忙，要感謝的是你阿母。」

「真抱歉！對我家的特別照顧，惹來不少傳言，有損您名譽，您都一一承擔下，太委屈您了。」我突然對自己曾誤會過他，感到心胸之狹窄：「有一度，我也相信謠言，只是我阿母罵我耳朵輕，要不然也想找您理論，現在想起來，太不明理了。」

「沒有把真相說出來，這也難怪你要誤會我。年輕人都比較不會考慮考慮。」

我把眼睛移向那張獎狀，突然我覺得它張著獠牙，呵呵笑著，可憐的臺灣人，你們被利用了還不知。

我對那張在幼時的心靈佔著很高地位的獎狀，憎惡了起來，那不是榮譽，那是一種恥辱，一種臺灣人的恥辱，我想撕毀，把它撕成萬千塊碎片，然後撒在河裡，讓它流入大海。

「根旺伯，為什麼不撕毀它？吊在那裡，愈看愈覺得被愚弄，愈覺得臺灣人太懦弱了。」我站了起來。

「不行。這些年來，我藉著它，才沒忘掉這份恥辱，我把它當成勾踐吊在樑上的那粒膽，天天嘗它。」根旺伯捏著拳頭說。

我點點頭不再說什麼。我也將常來和根旺伯共嘗這粒膽。

——本文未發表

輯二　星星的眼淚

蠍

房間很暗，亮著幾盞五燭光的美術燈泡，她斜倚在沙潑，頭貼著牆。

燈光透過竹篾編成的燈罩，灑滿她一身昏黃。

看不清她的臉，輪廓卻是鮮明異常，是那層層厚厚的粉，在燈光的映照下，所襯托出來的。有細細的煙絲自她支拄在下顎的指間升起，緩緩的，良久還不擴散，看了就叫人心煩。

她維持這個姿勢已經三個多鐘頭了。

「小姐，妳的電話！」

我就知道，他不會爽約的。抑壓不住內心的喜悅，在起身的剎那，竟推翻了桌上的咖啡，雪白的曳地禮服加添了幾點咖啡的圖案。忘了那是件上萬的衣服，連輕拭都沒，就往櫃臺走去。

是樓上旅社部打來的，說已經把房間整理好，問她幾時搬進去。她狠狠地掛斷電話，連回答都沒，悻悻走回座位，把自己重重摔向沙潑。

拿出一根菸含在嘴裡，正要點火柴的剎那，眼光停在右前方一個獨坐的男人身上。他叨著一根菸，蹙著眉頭，很瀟灑。

他只是一個人，我也只是一個人，如果我需要的是男人，這不是最好的機會？坐過去，銜著菸問他：「有火？」，不就搭上了？

怎麼會想到那裡去？收回眼線，她自責著。

劃亮火柴，輕輕吐出一口菸後，她把目光看向前方。看些別的，比較不那麼煩。

人很少，除了住旅社的人外，很少會有人來這個地方的。這麼郊外，光是談情說愛，有誰會往這裡來呢？

角落裡，坐著一對卿卿我我的小情侶，從他們依偎的情形看，他們還很純，感情不會很濃，而且熱戀中的情侶絕不會找這麼亮的地方，愛情應該是沒有燈光的地方培養出來的。

男的看了她一眼，手搭在女的肩上，附在女的耳際，不知說了些什麼，女的邊聽邊看她，然後搗嘴笑了出來。

一定是笑我抽菸，一定說我是個壞女人，壞就壞吧，好壞到底有什麼明確的界線來劃分？

自從結束少女生涯之後，她一直讓自己做個好妻子、好女人。結婚十多年，她始終把家理得井然有序，是個人們口中的好女人，丈夫眼中的好妻子。

但認識了他之後，她的觀點整個改變了。捨棄一個女人在生命所該追求的，而去當一個人們口中的「好妻子」，這有什麼用？這種犧牲換得了什麼報酬？

「妳是一隻魅人的動物，全身燃燒著熱情，可惜……」

那次宴會上，他以極端輕浮的口吻對她說。

「可惜什麼？」她急切地問。

一個完全陌生的年輕人，怎會對他說出這麼褻瀆的話？她的心先是一震，然後是圈圈漣漪泛起。

「有機會再告訴妳。」

「什麼時候？」她知道這是個美麗的陷阱，但她願意陷下去。

「這要看妳了。」他傾著頭說。

丈夫時常要她陪著去應酬，她當然知道丈夫的用意是在炫耀有一個貌美如花的妻子，所以她盡量推辭，不是推說人不舒服，就是說不習慣那種生活。當然，興緻來時，她也會陪他去，但是次數少之又少。

丈夫似乎認為只要讓她買衣服，把她打扮得珠光寶氣，讓她生活得舒舒服服，就盡到做丈夫的責任了。他從沒站在她的立場想想，想她的日子是怎麼過的？想她有沒有可以談心的朋友，或是讓她忙碌的子女？想她有沒有可以消除無聊的活動？

「妳是一隻魅人的動物！」，這是一粒頑童拋入海中的石頭，在她冰冷的心海盪起圈圈漣漓。她感悟到全身的血液澎湃著，她已復活了。

能感覺出自己仍有生命力，還管它什麼好妻子或壞妻子，就是前面有深淵、有陷阱，她都甘願陷入，縱使跌傷了，甚至跌死了，或是被捕，只要能知道她還活著。真實活過，就是最大的幸福。

如果只是徒有軀體的行屍走肉，活著又有什麼用？

按熄沒吸幾口的菸，菸屍升起一縷輕煙，似在做生命最後的掙扎。這種掙扎，她不忍心，用手把煙搧掉。

「小姐，這裡就要打烊了，請妳移到妳的房間好嗎？」

她慵懶地站起來，所有的人不知在什麼時候都走光了。端起為他預備，而已經涼了的咖啡，猛喝起來，咕嚕咕嚕，喝相好粗魯，像是經歷一場極端激烈的運動，汗流得過多，缺少水分的補給。喝得太快，有些咖啡液由嘴角溢出，把那件白禮服染成一幅晴朗的夜空，那點點的咖啡痕跡，就是頑皮的星子，在笑她的痴。

「不住了……」話才到喉頭，就又吞了回去。

說不定這是個考驗呢！攀越生與死的藩籬，非有一番掙扎不可的。說不定他是有急事不能馬上趕來，難道我就沉不住氣，不能多等他一些時候嗎？真正的愛是要相互體諒的。想到這裡，不禁為自己的急性子詛咒起來。

第一次見面，她足足讓他等了一個鐘頭，她並沒像妙齡女孩故意用遲到提高身份，只是她確實是樂昏了頭，活了三十個年頭，第一次嚐到約會的滋味，怎不叫她忘了有時間的存在呢！

他一點都沒數落她，或許是他了解她陶醉在遲來的青春夢裡。有誰願意向遲暮低頭？更何況她的生命未曾燦爛過呢！

也許這次他故意要製造點氣氛，經過苦等之後的見面，是別具一番味道的。想到這裡，她為自己的急躁和怒怨感到好笑。拿起手提包，走往預先訂下的房間。

捻亮吊燈，皮包往床上一甩，她坐在梳粧臺前端詳起自己來。

頭髮往後一攏，整張臉映在鏡裡，這張臉蛋雖不是很美，至少五官配合得很得體，夠叫人傾心的，不止是丈夫，曾經在它上頭貪婪注視的男人，不知有多少。尤其今晚刻意輕過一番修飾，更加添了說不出的嫵媚。

攬鏡自照，是她的習慣，是在家裡沒事做，除了鏡前端詳自己，來自我陶醉一番之外，根本無法打發時間。她時常這麼一坐就坐掉一個下午。結婚以來，她的化妝不是在獲取丈夫的歡心，只是在防止青春的逝去而已，雖然青春仍照舊偷偷逝去，但站在同齡女人面前，她畢竟比她們驕艷多了，因為她不必為生活而憂慮呀！

但這又有什麼用？在年輕她五歲的他面前，她就顯得和他不相稱。她不再年輕，寶貴的青春像水般逝去，一點都不留痕跡。怎麼以前沒有想到這叫人心悸的問題？乍然驚醒，已經喚不回青春了。

他的出現，使她體嘗到生命的歡愉，也使她痛楚，和他在一起，她不知如何整理自己。他未婚，而她是已婚的婦人，因之，每次和他走一道，覺得她污辱了他，她是不純潔的，不該污辱依然純潔似紙的他。

和他並肩而坐的時候，他那股粗獷的男人味總是壓逼著她，挑逗著她，她知道，這些年來，她所欠缺的就是這個，丈夫沒給過她這種壓迫感，因之，當他的唇壓在她的唇時，她整個人激動起來，緊緊摟著他，她怕失去他，她要以他那身男人的烈火，來點燃她已瀕臨熄滅的青春之火，她忘了什麼叫嬌羞，她忘了什麼叫矜持，她只想永遠永遠擁有他。

冷氣已開至最大，卻仍冒著汗，她習慣地想用手絹去拭，舉起手的剎那，發覺手絹不在手上，不知遺忘在哪裡了。今晚是怎麼搞的！老是心不在焉，以前從沒遺忘過手絹，今晚總是不對勁。傾身伸手拿得床上的皮包，取出面紙來拭，卻把粉拭去了一片，露出了幾條皺紋。

出來前的化妝還特地按摩了好久，等到那些皺紋看不見絲毫痕跡，才舖了粉，怎麼現在就又顯現出來了呢？她用手去按摩，想撫平它們，沒想到這一按摩，又多出幾條皺紋來。

坐挺身子，竟然發現鏡中人是那般憔悴，瞬間竟蒼老了這麼多。兩眼無神，連一點光彩都沒，眼白還摻有幾條剛睡醒時的紅絲，雙頰顯得特別消瘦，像掉光牙齒的老女人。

這怎麼會？離家時曾經刻意修飾過的，為了討好他，連那些平時不動用的鮮艷化妝品，她都拿出來用了。走時，她還不放心地在鏡前轉身仔細端詳良久良久呢！不可能的！

愈看愈不順眼，拿起還捏在手中的面紙，她狠狠地在臉上胡亂擦著，把整個臉擦得一團糟。

砰！一腳踢開浴室的門，把水龍頭開到最大，嘩啦嘩啦的水洗去她面部的化妝品。抬頭，許是冷水使她清醒了，他發覺洗去脂粉的臉好看了點。

幾點了？她曲起手想看錶，竟對自己忘了久已不戴錶，發出曖昧的笑。打從認識他以來，她就不再戴錶，他認為看著時間一秒一秒滴答而過，對她是項殘忍的折磨，不看，還會有時間止足不進的錯誤感覺呢！

知道幾點又有什麼用？約定的時間已過，而且又等那麼久了，就再等下去吧！

乾脆洗個澡，好清醒清醒，而且也可殺掉一些時間。扭開浴池的龍頭，她把冷熱調到適度，然後脫去曳地的禮服，正當要再卸掉胸罩時，在嘈雜的水聲裡，她聽見一陣敲門聲，下意識，她把彎到背後去解胸罩的手縮回，貼近門傾聽著。

許久沒動靜，不禁懷疑自己的過分敏感起來。正當她繼續動手去解胸罩，規律的敲門聲又響起，這次她確實聽到了，是敲門聲沒錯。

這麼晚了，會是誰？她有點猶豫。是他！一定是他！是他來了！我就知道，他一定會來的。不禁詛咒著自己的反應竟是這般遲鈍。

馬上要衝出去，握住門鎖的刹那，瞥見了鏡中人，不覺一震，全身幾乎赤裸，這身裝束豈不要把他嚇壞了？但又覺穿衣服太慢了，雖然那只需半分鐘不到的時間。

看就讓他看吧，反正心已屬於他，而且她打算今晚趁三十歲的生日把身體獻給他。

握住門把手的刹那，敲門聲又起，她等聲音停住了，急促地把門打開，然後躲在門後。她料想他會走進來，而她打算趁他不注意，跳出來摀住他的眼睛，讓他驚喜一下。

躲在門後，她想著，這麼一來，一定會使氣氛變得很融洽，不禁對她臨時有這個鬼主意沾沾自喜起來。她感覺自己又年輕起來，這不就是年輕人淘氣的行為？

時間一秒一秒過去，卻沒見到他走入，她有點失望，卻又想到可能他還站在那裡，識破了鬼計，故意要拖時間，讓她先露面，於是她繼續躲著。

敲門聲又起，而且有故意發出的咳嗽聲，顯然是故意咳讓她聽的，已經識破她的企圖。

不是他！咳嗽聲不是他的。他的咳聲她是最熟悉不過了，絕不是剛剛發出的那種略帶沙啞的聲響。但，他可以裝呀！就是不裝，也可能是感冒音調變了。

猶豫了一下，他把頭伸出一半，來人是侍者，朝她笑。失望，使她整個人幾乎癱瘓了。

「什麼事？」她沒好氣的問，有點被愚弄的感覺。

「小姐！妳的手絹。」他哈腰遞過手絹：「妳忘在櫃臺上的。」

侍著轉身走了，抛下她愣愣看著手中的手絹。

「神經病！」她狠狠把門關上，發出好大的聲響，把整個迴廊震得空空響。

把自己狠狠丟向床上，像一隻被用力甩向地上的青蛙，瞬間結束生命，四肢平放著，連掙扎的機會都沒有。

想翻身，軟軟的四肢，叫她翻了一半的身子又躺下了去，兩眼瞪著天花板那盞吊燈，眨都沒眨。

看來要獨守這個孤寂的夜了。他不會來了。

漫漫長夜，怎麼捱過？

夜已經深了，周遭很靜，白天的煩囂都已消失。處在這靜靜的房間裡，層層的空寂一直鞭笞著她，她有身陷重圍的感覺，她想殺出一條血路好衝出去，但全身染紅了殷紅的血，卻仍沒法得逞，看來，她將葬身於此。

對於她，他是不是真付出了感情？還是只逢場作戲，在心裏空虛時，才來找她，根本不把他們之間的感情當回事。

自作多情，是我在自作多情？他只把我當成填補他空白日子的犧牲品？他對我的表示都是虛情假意的？

不會的，從他認真的表情來看，他不會是玩弄感情的人，他不會的。一定有什麼事叫他無法分身，他才會到現在還不來。我怎能不信任他？這麼多疑心呢？

這麼一想，她又從絕望的深淵裡再度爬出來。等，再等吧！就憑他慨然應允的神情來看，他不會只像為讓我放心，而答應得那麼肯定的。

洗個澡再說吧！

她又撐起疲倦的身軀，痛苦地站起來，踉蹌地走進浴室。

忘了關的水，流得滿地都是。她先把水龍頭關掉，然後到鏡前開始卸去胸罩和褻褲。

裸露在鏡中的是她白皙的胴體。白色的磁磚、白色的牆壁、白色的燈光，把她掩映得更白了。

望著、望著，不禁輕輕搖起頭來。

在同齡女人的面前，她這身胴體不知羨煞多少人。到了她這個年齡，大家都變胖了，雖然極力用各種方法來阻止，卻都沒顯著的效果。唯獨她沒有這份煩惱，雖說失去了少女的那種纖細惹人憐愛的嬌軀，那份少婦所獨有的豐韻，卻是夠叫人欣羨的。

是不是她的胴體完美無缺？主要是她善於掩飾，而且她又有掩飾的本錢，她能以一套接一套的服裝來惑人的眼目。「三分人，七分妝」，這一打扮，即使不是美人胚子，也會被雕飾得叫人心魂動搖。

這些年來，她能壓抑那內心的烈火，而依然守候在丈夫身旁，當一具沒有靈魂的行屍走肉，主要是丈夫有足夠的能力供她這方面的滿足。

接受別人的恭維，是她這段日子裡的唯一慰藉，靠著這項滿足，她委實活得很艱辛、很痛苦。這種壓抑、這種犧牲，值得？但，不值得又能如何？沒有反抗的能力，又沒有反抗的機會，那只好背負這具痛苦的十字架了。

誰知瀕臨死亡的心，竟被他醫活了。她再生了，流滿了生命的喜悅，這是她從來所沒有感覺出來的。她為今生能遇見他而高興。沒有他出現在她的生活裡，這一世，恐怕要惛懵地來，惛懵地回去了。

紅顏伴少年·這是最美的匹配，為何當我年輕的時候，卻要鎖住我的情，鎖住我的愛，把自己囚禁在一個名為丈夫，卻是陌生的男人的身邊，慢慢消蝕青春呢？

直到青春之火頻臨熄滅的邊緣，她才解除愛的禁錮，能過屬於年輕女人的日子，才沾到愛情的一點邊邊，對她來說，未免太刻薄了。這也難怪她對這次的復活特別急於把握。既然有了愛的機會，也有了愛的對象，她自然就要不顧一切負婪地去愛了。

積壓太久的愛，一旦獲得解放，勢必如決堤的洪水，一發不可收拾。她大膽地愛，她瘋狂地愛，只要能獲得愛的滿足，她願付出一切。

話是這麼說，心裡倒存著一個疙瘩，畢竟她足足大了他五歲，而且又是個已婚的女人。不管是對他或是對她來說，這都是路上的巨石，都是障礙。

「往後的日子，妳要和我同行。」他以懇切的目光深灼著她的心。

「這，這怎麼行？難道你忘了我大你五歲？而且又是有夫之婦？」她悽惻地說，滿臉哀傷，低下了頭。

「妳怎麼會有這種觀念？妳的思想不是頂新的？」他執拗地說：「感情和年齡有什麼關係？」

「不行，不行！我老了！你還不知道，人老了有多可怕？頭髮會白、牙齒會掉光。我已老了，不行！不行！我不能連累你！我不能連累你！」說著，趴在他肩上，像小孩般嗚咽起來。那聲音，有如裂帛。

「別哭！別哭！」他拍拍她的肩膀，板起她的臉說：「妳會老，我就不會老？」

聽後，他突然停止抽泣。他真會說話，用虔誠撫慰我，可是這些是他現在年輕不經事的時候說的，有一天他閱歷深了，他足夠成熟了，他還會想起這些話？還會說愛情和年齡沒有關係？

他的人生沒有多少經歷的，可以說幾乎沒有，而可吸引他好奇、追逐的事還多著呢！她越想越傷心，淚跟著流下，無法控制。他附在她耳邊的輕聲安慰的話語，一句也沒聽進去，她只是抽噎、啜泣著。

說真的，這實在是一件不大可能的事。他真能不置世俗非笑於念中？

「相信我，別哭！相信我！」他用肯定的語氣和溫柔的聲音，一再表示堅決之意：「答應我，別哭！嗯？」

她真的停止了哭泣，懸在心中的石頭，卻仍沒落下：「謝謝你對我這麼好。」

然而他為何現在還不來呢？莫非是後悔了？莫非他知道這是一著沒結局的棋呢？白髮！她突然發現烏黑的秀髮裡夾著一根白髮。老了，真的青春不在了！她緊張地將頭靠近明鏡，把那根白髮連根拔起。

小時候，她曾聽母親說過，白頭髮如果不拔掉，會傳染其他的，導致滿頭的白髮。她很怕就這麼平白失去青春。

把頭髮翻檢又翻檢，沒再發現白髮，她安心了一些。把頭往後一仰，頭髮全被甩到後面，雙手往後一掠，把頭髮握成燕尾狀。由於雙手往後，胸部向前挺出，雙峰顯得特別高挺，乳溝界限分明。放開握成一把的頭髮，用手托起兩個乳房，觸摸的感覺依舊，仍然堅挺依舊，和沒有結婚以前一樣，是男人所覬覦的。

但這又有什麼用？她鬆開雙手，這只是丈夫的玩物，從沒發揮它應有的效用，沒讓嬰兒的小嘴吻過。有和沒有，又有什麼區別？

有一度，她好想養個孩子，不管是男的或是女的。沒有養孩子的女人，不是完整的女人。她覺得有個孩子或許能在她孤寂的生活裡帶來一些色彩。

她曾經看過一個叫杜子春的故事，杜子春是個熱衷於做仙女的傻女孩，在經歷了千辛萬苦之後，在終於可以成為仙女的一剎那，卻因為已成為母親而捨不得丟下自己女兒，終於捏碎了做仙女的美夢。

杜子春渡不過親情的難關，所以成不了仙。孩子是母親的驕傲、母親的生命、母親的一切，她想以親情來減輕她欠缺愛情的痛苦。

「養個孩子，怎麼樣？」她向丈夫建議。

「幹麼想到這些？還年輕嘛！」丈夫並沒看她。

她沒開口。

「妳不怕孩子煩妳？」丈夫發覺氣氛不對，把口吻轉得很溫和。

她知道丈夫這是自私的，孩子一生，她的魅力就沒了，而且他的前妻已為他生了幾個兒子，不必愁後繼無人，他只想讓她永保青春，供他把玩。對丈夫來說，她只是古董一類的玩物而已。既然丈夫沒有這個意思，只好作罷，而且她也不敢想像生了孩子後那種臃腫的身子，她真的不敢想像那個時候的樣子。養個孩子的希望，就這麼被遺忘了。

要是養了孩子，今晚就不會來這裡苦等了。

抑壓不住悲愴，她跳入浴池，扭開水龍頭，想藉喧嘩的水聲淹沒自己。

忘了是怎麼走出浴室，也忘了什麼時候躺在床上，醒來，淚濕了半個枕頭。什麼時候哭了呢？她根本想不起來。

他真的沒來。

看著裹在身上的那床褐紅色毛毯，她突然覺得她是在一場激戰中，被子彈打傷，臥在殷紅的血泊裡。

他永遠永遠不會來了，

把自己埋在毛毯中，她歇斯底里地嚎哭起來。

「在認識你以前，我是隻狩候在牆角的蠍子。」她曾向他如是說。

「狩候什麼？」

「一個有利的機會。」

「什麼機會？」

「獲得食物呀！」

「得到了？」

「得到了。」

「是什麼？」故意裝蒜。

她指著他的鼻尖。

「是我？」他裝出一臉驚訝。

她開心地笑了出來：「我將和牆角告別了。」

有誰會想到，這塊已經到嘴邊的食物又掉了？

倚著牆角，把整個人埋在毛毯裡，她無助地抽噎著。

我永遠永遠是見不得光明的牆角之蠍，只配躲在黑暗的牆角苟延殘喘。

——刊於《統一企業月刊》第八卷第一、二期　一九八一年四月

——《中國文選》第一八七期轉載　一九八一年十一月

星星的眼淚

月亮圓又亮。

他們的影子被拉得長長的，腳印迆邐在海灘。

「看不見星子。」她仰頭掠了掠長髮說。

「因為月亮太圓了。」他柔撫她隨風飄揚的髮絲說：「就像我，站在妳身旁，就顯得黯然無光。」

「討厭！」她嬌嗔地捏了他一下。

他呵呵笑著，笑聲溶入微微的秋風裡。

他不贊成趕那麼遠的路到這裡來，空把時間花在機車的奔馳上，多可惜！可是她堅持。

——為什麼？

——七十公里奔馳的時速，讓我有一種解脫的舒服感，而且……

——而且什麼？

——那是我們初識的地方。

於是他順了她。一向，他都是順她的，如果她要天上的星子，他也會為她摘下。

「明年中秋，我們也到這裡來，好嗎？」她抬起偎在他胸前的臉看他。

「嗯。」他點點頭，對她淺淺笑著。

第一次和他說話，就是被他這淺淺的笑所著迷。她見過的男人不是一個或二個，就是沒看過這種灑脫中帶著蒼鬱的笑。她說不出為什麼一見就鍾情於他這淺淺的笑的原因。至今，那笑的魅力對她依然不減，只要他淡淡一笑，她什麼都依他。

「我不知我們還能一起來幾次？」她低頭撥弄自己的手指。

「想到哪裡去了？」他拍拍她的肩膀，把她抱得更緊。

「人是善變的。」

「信不過我？」語意中帶著失望及生氣：「那我對著月亮發誓。」

推開她，跪在沙灘，就要舉起手，她慌了，抓著他的手：「你這是幹什麼？」

「我要你相信我的真誠！」

「我沒說我不相信你，我說的是我自己！」她辯道。

「妳……」

「我大你三歲呀！」眼角有淚：「而且我配不上你，我是一個……」

「不要再說下去了！」他阻止她。

咬著食指，茫然無言地望著他。眼睛一眨，淚水滴落在沙灘。

那年，她流落到這個漁村，就是中秋，天還沒暗，負責招呼的阿娘就喋喋不休數落著姑娘們：

——還不趕快吃飯嗎？客人馬上就要上門來了。

——還坐著不動！妳們是怕等下只能躺，不能坐？

——還聊些什麼？要聊等下再和客人慢慢磨菇吧！

沒有人理會阿娘，阿娘仍嘮叨她的，姑娘們仍聊她們的。

客人一個個來了，是中秋，沒有人出海，難怪生意會那麼好。捕魚的人不出海就三五成群賭一賭，或是喝兩瓶，要不然就是去找娘兒們舒服一下。

就是他，一進門沒有選擇就指定她，又給她一個淺淺的笑。

——快！今晚時間可寶貴呢！

他才脫去上衣，她就催他了。

——聽說幹這行幹久了，就什麼感覺都沒有了！

他背向她更衣，卻回頭看躺在床上的她。

——妳問這幹什麼？

他側過身，不理他。

——我為我此行感到好笑。

——那你為什麼還來呢？

——跟人打賭，他們說我沒那個，幹！

何苦？

她點起一根菸，笑出聲來，停了一下又說：

——你還沒結婚吧？

——從哪裡看出來。

——你很不自在。

從沒看過這麼純的孩子。看到他那淺淺的笑，就覺得玷污他是一種罪過。

——我們去海邊！

從床上跳下，穿好衣服，不管三七二十一，拉著他就往外跑。

——生意不做？今晚特別好吔！

他搞不懂是在耍什麼花樣，差點連上衣都抓不及。

——思梅！思梅！妳這是幹什麼？

阿娘追到門外，他們已跑得老遠，把阿娘的話留給略帶涼意的秋風。

——你好像不是漁村的人吧？

——我住麻豆！

——喔！產文旦的麻豆！我知道。

——喜歡吃文旦？

——喜歡！麻豆的文旦無籽又甜，真好吃。

——有機會的話，我請妳！

——怎麼不種文旦了？討海辛苦呢！

——我老爸要我出來闖闖，他說種文旦沒出息。妳呢？住哪裡？

——東港。

——喔！那也是個漁村。

——去過？

——去過。去小琉球就在那裡搭船。

就因為同是下港人，海邊常有他們的蹤影。沒有出海的時間，他就去找她，姊妹們傳談著：

思梅談戀愛，跟來自下港的阿雄。

——幹我們這一行的不能用感情，到頭來，吃虧的還是自己。

——沒有誰會真心要我們的，嫁的姊妹還不都嫁了不務正業的，有些較不幸的，還要每天挨打呢！

——我看妳還是換個地方吧！一來可以擺脫他，二來可以提高身價，幹我們這一行，就是要常換地方，男人都是喜新厭舊的。

姊妹們勸她的這些話，正是她當年勸那些沈醉在愛情甜汁裡的姊妹的話。偶爾，在路上碰到那些姊妹，看她們一把鼻涕一把眼淚的哭訴她們的遭遇時，她總是告訴自己：不要像她們那麼傻，在男人的喘息聲中被蹂躪了半輩子，最後還要在男人的拳打腳踢裡苟活，何苦？她盤算著有天離開這種生活時，要削髮為尼，以青燈木魚伴餘年。

——我還年輕嘛！還不必急著去找一個來依靠的。

——阿雄嗎？只是同是下港人嘛！所以較談得來。

——我把他當弟弟看，妳們說，我會那麼傻，把感情放進去嗎？

她向姊妹一一解釋，只是連她自己都不敢不承認，她確實是有點喜歡他了。是理智的抉擇，她決定離開他，於是離開了漁村，沒有人知道她去了哪裡。

他也離開了漁村，在她走後一個月。

故事到此應該結束了，偏偏，他們又在南下的火車廂裡重逢。從此，每年的中秋，漁村的海邊就有他們並肩漫步的蹤影。

她以銅牆鐵壁圍堵著的感情，終於敵不過他出于誠摯的那股溫度，而溶解了。

「冷嗎？」握著她纖細的手，他感覺到微微的冰涼：「妳的手有點冷。」

「在你粗獷的肩彎裡，我永遠不覺得冷。」仰臉看他，摟住他。

「我的夾克讓妳穿。」說著就解開拉鍊。

「我真的不冷！」她把他的拉鍊拉上。

「露水很重，妳受不了的。」她把夾克披在她肩上：「妳忘了去年妳著涼了？」

對她一直是真心的，她知道，跟了他絕對是幸福的。他曾向她求婚，要帶她回南部種文旦，她嚮往那種活在自己世界裡的生活。但，想到大他三歲，想到他是那麼純白，而她是個給錢就能把手放在她腿上、肩上，或任何想放的地方，甚至可用那滿是菸臭味或檳榔味的嘴吻她；是個談好價錢就能命令他要張開手或張開腳的女人。想到這裡，她就只能搖搖頭對他拒絕了。

她沒有理由去玷污他，雖然他一點也不計較過去。於是，她藉個家庭需要她來支撐，還不能談及婚事，而把他的求婚一次再一次拖延。

「明天一起回南部，好嗎？」他側身躺下，以手撐著頭。

「不想回家！」她搖搖頭，玩弄自己的髮絲。

「不是很久沒回去了？」他看著她。

「我們談些別的，好嗎？」看著她，一份哀求樣。

不喜歡回家，原因是唸大學的妹妹總是纏著她，告訴她整整一個晚上的戀愛故事。

——哼！那個張欣霖像紅頭蒼蠅，死纏著人不放，告訴他說不在，還賴在宿舍前站崗，也不照照鏡子。

——姊，教我們生化的教授剛從美國回來，亂年輕一把的，上課叨著菸斗，好神氣！我們班幾個女孩子迷他迷得要死，藉著有問題，到宿舍去找他，以便和他親近，妳說噁不噁心！

——姊，我們班那個蔡怡真好賤，聽說去賺那種髒錢，每天穿著亂時髦的，真不知羞恥。

她想告訴妹妹，髒錢！髒錢！妳知道妳每天所用的錢，就是姊姊出賣靈肉所換來的髒錢嗎？但，妹妹又懂得什麼？何必對她發脾氣，妹妹還是個稚氣未脫、充滿愛情幻想的小女孩呢！

妹妹詩般的戀愛故事，雖然她聽了覺得好笑，但對她來說，她卻無法去擁有。聽了除了心醉之外，就有一種撕裂般的痛楚，為什麼同是姊妹，她就沒有這個權利？

不想回家，還有一個原因，就是不願看到那個整天在外遊蕩，不知好好讀書的弟弟。前些時，被人殺了一刀在大腿上，差點左腳殘廢，現在，疤痕就像一條蜈蚣匍匐在那裡，可是，他仍不知悔改。

——都那麼大了，應該自己會想了，好好把書唸好！

上次回家三天，始終沒看見弟弟，她要離家時，才在門口剛好被她撞見，兩眼紅紅的，就知是沒睡足。

——唸書！唸書！有啥用？到頭來還不是書呆子一個？

——又不要你擔心什麼，要多少，給多少，唸書還嫌苦？你要知道，我想唸，機會都沒呢！

毫不客氣，一頭頂撞過來，半點歉意都沒。

她真的生氣了。

——誰稀罕妳的髒錢！

——你……，在胡扯些什麼？

——妳讓我在同學面前抬不起頭來！

——你瘋了？

莫非弟弟已經知道她所幹的職業？她想。

——瘋的是妳！鴨蛋再密都會有孔，妳瞞得了別人，可瞞不了我。

她只能啜泣。

犧牲了所有，沒受到感激不打緊，換得的卻是讓弟弟無法在人們面前抬得起頭來。賺那種錢不光是心靈的痛苦，還有肉體的蹂躪，要不是勇氣在支撐，她早就崩潰了。她深深知道，她不能倒下，這個家沒有她是不行的。

她不但失望，連心都碎了。

──我再也不花妳的髒錢了！

拋下這麼一句，連頭都不回就走了。

每次回家，左右鄰居那些奇特怪異的眼光，叫人不敢對視。那眼神似乎隱含著窺得某項得意的秘密的歡欣。

──幾時回家？愈來愈漂亮啦！什麼時候請我們喝喜酒？

──又要走啦？阿榮嬸幸好有妳這個會賺錢的女兒，每月賺大把大把的銀票回來，不然，看她如何撐這個家！

──我跟妳作媒好嗎？

他們的恭維應該是出自真誠的，她要自己如是想。可是，總把那些話想成是隱含著譏諷，故意要挖苦她，於是，她只苦笑應付，什麼話都不敢跟他們交談，怕談得太多，叫自己下不了臺。

幹這一行，長久的自卑折磨，自然就心虛。戰場的逃兵，對於風聲鶴唳都想成是追兵，一草一木都看成是埋伏的兵隊。自然而然，她會變得過敏，任何一句話都以為影射著什麼。總是受人蹂躪，自然防禦心會特別強。

她對家已不再寄存什麼希望，唯一放不下心的是母親多病的身子，雖沒回家，仍然按月寄生活費回去。

「我阿爸希望我年底結婚。」他扳起她的臉。

她只是靜靜看著他。

「他要我帶妳回去讓他瞧瞧。」他掛著那淺淺的笑。

她仍是靜靜看著他。

——這麼純潔的孩子，能玷污了他？

——她已因自己的職業而讓弟弟感到羞辱，在眾人面前抬不起頭，她能讓一個她所愛的人也去背負這個心理負擔的黑鍋？

——當大家知道他要娶的是一個曾經出賣靈肉的女人時，會以怎樣的眼光來輕視他？

她的內心澎湃著，像是一場大混戰。答應？不忍心玷污他；不答應？他是那麼誠摯地愛著她。

「我會拖累你！」把頭轉向一邊，淚水滾落。

「別孩子氣了！」扳過她的臉，為她拭去淚水，對她淺淺笑著。

「你知道人們會怎麼看你？」

「如果我在意這些我就不會向妳求婚。」

「我不能忍受別人輕視你！」淚水又溢出。

「妳永遠不會拖累我。」淺淺笑著，為她拭去淚水，低下頭，抓她的手貼在他的面頰。

她仍然搖搖頭。

「不然，結婚後我們搬到深山，那裡不會有人認得我們。」

她破涕為笑，留著淚痕的臉，在月光的烘襯下，有著一份淒愴的滿足感。

「傻孩子！妳永遠不會拖累我！」輕輕拍著她的肩膀，像母親哄著欲入睡的嬰兒。

從他的語意及輕拍的動作裡，可以肯定他內心的堅定與誠懇。

「我不喜歡你說我孩子！」把頭埋在他胸前。

「為什麼？嗯？」托起她的臉，臉碰臉，聽到的是她的呼吸聲。

「我們都已長大了呀！」推開他的臉。

「妳也叫過我孩子！」

「我們算扯平。」嬌羞地把頭又埋在他胸前，玩弄著他襯衣的鈕扣。

輕輕摟著她，他有一種擁有的滿足感。

在他的懷抱裡，幸福洋溢在心中。讓她想起那部忘了片名的電影：主角仰天躺在沙漠上，頭枕在女主角的腳上。旁邊燒著營火，把他們的臉照得過紅，一副熱情洋溢的場面，是一對還在唸高中的學生情侶，男的留平頭，女的清湯掛麵，女的對男的說：「我們該回去了，要是讓媽知道我是跟男生出來，她可能會打斷我的腿。」

那種純純的愛多叫人欣羨呀！因為自己自認此生已無這種機會，所以這個畫面在她腦中留下特別深刻的印象，他已忘掉整個故事的情節及內容，但她忘不了那個偷偷摸摸戀愛的可愛畫面。

接客人時，她曾碰過類似的畫面，但那是不帶感情的交易。沒有氣氛，男人把手放在他想放的地方，他只想撈回本錢；沒有關懷的細語，有的是男人千篇一律的訴苦，說老婆是如何如何的不是。

事過之後，一聲虛偽的再見，就誰也認不得誰了。

認識她以來，他一直以真誠相待，從不以異樣的眼光看她；跟他在一起，讓她忘了自己是個特殊女人，她享受常人所該有的戀情。他將讓她在親友的祝福聲中披上白紗，陪他走往後的人生之路。

他把她該擁有的，都給了他，在他那裡她得到的是那麼多。

——對他唯一的報答，唯有悄悄離開他，讓自己在他的心中漸漸褪色，時間一久，他自然就會再找其他的女孩子結婚。

——別人付與我，我應加倍償還。

咬了下牙根，她深深吸進一口氣，然後沈沈呼出來。她做了最後抉擇——毅然離開他。

「星星會流淚？」

「當然，妳看妳的頭髮都濕了。」他摸摸她的秀髮：「小時候，我問阿母為什麼放在庭院忘記收的東西，隔天清晨起來看都濕了？阿母說那是星星的眼淚。」

「為什麼星星每天晚上都哭？」她好奇地問：「怎麼會有那麼多淚水？」

「我阿母說它們高高在上，天天看到人間的疾苦，心有餘，力卻不足，沒法幫上忙，只得因同情而哭了。」

「今晚它們會流更多的眼淚……」她在心中自語著。

「想些什麼呢？為何不說話？」

「沒什麼！」她站起來，拍拍沾在褲子的沙：「我們回去好嗎？」

「為什麼？」他跟著站起來：「每年，我們都到天亮才回去！」

「我想回家！」

「我們帶來的文旦還沒吃呢！那是妳最喜愛吃的。」說著，他取出一個：「來！我來剝！」

「不必了！」她搶過文旦：「我帶回去吃好了！」

「妳沒有不舒服吧？」摸摸她的額頭，再摸摸自己的，並沒有發燒：「每年妳都一口氣吃完一個。這是我阿爸特地寄來，交待說要給妳吃的。」

不能吃到他為她剝的文旦了。他剝文旦的技術真高明，不用刀，只一下子功夫就能將文旦剝得乾乾淨淨的。

「不然剝一個就好，我只想吃一瓣！」把文旦塞回他手中。

「妳一定要吃完，我喜歡欣賞妳吃的模樣！」他喜一旁看她吃文旦的表情，她那細細的咀嚼動作，往往替他嚼出一嘴的甜甜文旦味。

正想說吃不下，突然想及：「他是那麼順自己，為何不屈就自己順他？」

「好吧！」在他旁邊蹲下，看他剝文旦。

「不錯吧！正庄麻豆文旦！」他一旁淺淺笑著。

還是沒法吃完一個，把剩下的放進夾克口袋。

回顧沙灘的腳印，她覺得較來時為深。她提不起重重的腳——這是沙灘的最後漫步。

明天風就會把腳印埋平。

機車以七十公里的時速飛馳著。馬達聲在凌晨的清寂裡囂張著。

摸著口袋裡的文旦，不小心捏破了瓣膜，夾克濕了一大片。

「明年還來？」他略偏頭，問著把臉部貼在他背上的她。

「嗯！」她點點頭，按捺住眼淚，騙他是不得已的：「我們每年都要來！」

「有了孩子？」

「還是我們兩個，孩子會破壞情調！」她湊進他耳邊說。

「你太自私了！」他拍著她的大腿笑出聲來。

「不能這麼說，帶孩子何必一定要選這種日子呢！」明知根本不會有這項困擾，還是向他解釋。

「好！就依妳！」

仰臉，月亮的光芒較減了，可以看到幾顆眨眼的星子。

把他摟得更緊，這是最後一次摟他了。以前摟他，總摻雜有怕失去他的恐懼，想永遠擁有他，現在卻是作最後的珍惜。

淚汩汩流著，把他的衣服濕了一大片。

她告訴自己，明天先回南部的鄉下住幾天，家畢竟是自己的，再不想回去都得回去。然後再決定下個停留站。

緣份呀！請不要再作弄我們，我們不想再重逢！

「我的背部有點涼，幫我看看是怎麼樣？」

「濕了。」

「被什麼濕了？」

「星星的眼淚！」

——刊於《統一企業月刊》第八卷第三期　一九八一年六月

人比黃花瘦

就那麼站在陽臺已經好長一段時間了。

連動都沒動，目瞪著沿屋前一直延伸出去的馬路，淚水一滴滴滾落。

那天，她就是在這裡朝丈夫揮手：「慢慢騎呀！不要超速！」

騎在機車上的丈夫也抬頭朝她揮手笑笑：「再見！」

「秋月！阿田……」跟丈夫在一起工作的青山，氣喘喘，驚惶地衝入屋裡，臉色都變了，結結巴巴講不出話來。

「阿田怎麼了？」她抓住青山的手，搖問著。

「阿田發生車禍，全身都是血……」青山更加結結巴巴起來。

「現在人怎麼了？」她一時不知所措，嚎哭了起來：「我要去看他！」說著就往外衝。

「腦漿撒了一地，死了！」青山拖住她。

「死了！」她跌坐在沙潑裡，整個人暈了過去。

「秋月！秋月！」青山猛喚她。

「我該怎麼辦？」她幽幽醒來，不成聲泣著：「阿田！你拋下我們母子怎麼辦？」

然後，她就活在以淚洗面的日子裡。

似乎此生已命定要泅泳在淚海裡。

八歲就開始打工，十三歲就和插秧班一起四處去賺錢。矮小瘦弱的身材，怎麼能跟熟練的大人們比？才開始那段日子，她還沒插一半，別人早已插完一行，怎麼趕，都沒法趕上他們。

淚水和著汗水，一滴滴落在冒著煙的田水裡。頭上有驕陽的蒸炙，腳部有田水的燒燙，上下夾攻與逼迫，雖然她一直咬牙在苦撐，但鼻血還是如噴泉般湧出，腳也因長久浸泡在水中而浮腫。

這些她並不計較，她什麼苦都能吃，她只希望家人能為她的付出有些許的關心，她就心滿意足了。

「秋月！身體要緊哪！」一起插秧的阿財嬸說：「我看休息一段時間再說吧！」

「沒關係啦！我還能撐！」她淡淡笑著。

「怎麼不去城裡工作？妳沒看到那些去城裡工作的小姐，個個又白又水嗎？」阿順姆接著說：「妳看妳，曬得跟烏肚番一樣黑呢！」

「習慣就好了，一樣都是賺錢嘛！沒差的啦！」

「誰說沒差？我們是歐巴桑沒關係，妳是小姐，不能跟我們比，妳沒聽說一白遮九醜嗎？」阿財嬸說。

「習慣就好了，習慣就好了！」她實在找不出更好的話來回答他們。說實在，她常常在偷偷飲泣之後，想橫下心來，離家出走。

──反正我是女兒嘛！嫁了就沒事了，管它家裡欠人多少錢！

──同樣是查某子，為什麼妹妹能讀書，我就非下田工作不可？

──……

內心那股反抗意識總是衝擊著她，讓她陷身在痛苦的抉擇裡。但一想家中因大哥生意失敗，虧欠了一筆大債，所籠罩的愁雲慘霧般的氣氛，她的心就軟了。

曾經和二哥兩個人在黑夜去向親戚借錢，借不到錢，兩個人竟在路上抱著哭泣。她始終無法忘懷親戚拒絕時的那張鄙夷的臉，那表情給了她很深很深的刺激，她頓悟出：不脫離貧困，就永遠叫人看不起！於是她清晨四五點，天還沒亮就和二哥下田種小黃瓜，直到夜色茫茫才回到家。

「妳阿母看妳如童養媳，真是沒血沒目屎！」阿順姆說：「妳是她親生的查某囝仔哪！」

「不能這麼說！」她為母親辯解。

「不能這麼說，那我問妳，要怎麼說？」

「我阿母對我不錯呀！」

「免辯解啦！誰不知妳阿母的做人？」

每次回到家，除了二哥偶爾跟她說幾句話外，所有的人跟她好像一點關係都沒，匆匆洗完澡，她就躲在棉被裡掉眼淚。

對這個沒有溫情的家，她的失望已到達極點。

她是不想嫁給阿田的。

她不答應相親，她知道自己長得不好看，自卑的心理叫她拿不出勇氣。

「阿母不能養妳一世人的！」母親逼她：「養著妳當老姑婆嗎？」

「我會自己養自己的。」她說，淚在眼眶中滾動。

「妳意思是說妳很會賺錢？」母親的音調高了。

「阿母，我……」

「妳是說我們拿了妳打工賺的錢？不用擔心，這些我們都會還的！」

「阿母！我沒有這個意思！您誤會了。」

「妳沒這個意思，那又是什麼意思？我知道妳恨我，我沒疼妳！」母親嚶嚶啜泣起來。

「我是想如果沒人要，我就去尼姑庵吃齋！」她解釋著。

「妳姊姊二十幾就嫁了，妳現在已經二十二歲了，還不著急？」

沒徵求她事先的同意，母親就安排不少種田的來相親。有個很胖的，她實在不喜歡，卻央堂嫂來說好幾遍，最後堂嫂惱了。

「也不看看自己長得怎麼樣，有人要已經要偷笑了，還敢棄嫌別人？」

阿田給她的印象平平的，跟其他來相親的並沒兩樣。但是她嫁了他。原因是他來相親的那個晚上，她忘了有人要來相親，和妹妹偷溜去城裡玩，回到家已經九點多鐘，阿田還在那裡等。她從父親勉強擠出的笑容裡看出等相親的人走後，將會有一場大風暴降臨她和妹妹身上。依過去經驗，妹妹晚上太晚回來，都要被罰跪的。

為了不牽累妹妹，她點頭答應這樁親事。

或許這是不能逃避的緣吧！她這麼告訴自己。

訂婚的前幾天，遠在臺北幹黑手的林勝雄突然寫信約她在城裡會面。

「聽說妳要訂婚了！」在公園裡，勝雄問她。

「是的！」她把頭埋得很低很低：「誰告訴你的？」

「我自然會知道！」勝雄說：「你愛他？」

「我不知道！」她搖頭。

「那妳為麼答應嫁給他？」勝雄扳起她的臉。

「是命！是緣份！我無法擺脫！」她把臉移開。

「妳看不出我對妳……」

「不要再說了，我一直等著你，可是你卻一點反應都沒！」淚水滾落。

「我就要開業了，我在等開業時才去提親！」

「可是一切都太慢了，只怪我們沒緣！」她拼命搖著頭。

「還來得及，你們還沒訂婚！」勝雄握著她的手：「秋月！我愛妳！我們去公證結婚！」

「一切太遲了！」她還是搖頭。

「難道妳不愛我？」勝雄捏著她的手。

「可是……」淚又落下了。

「嫁給一個相互間沒有感情的人，不是太冒險了！」

「都是命！我不怪誰！」她只是掉淚。

勝雄是她二十歲時，在農場割蔗葉時認識的。勝雄砍蔗根，她削蔗葉，在一個炎夏的中午，她因長久的勞累而中暑，幸虧勝雄背著她去鎮上看醫生，從此，他們同時對對方有了感情。那期甘蔗收成完後，勝雄北上學黑手，臨走時，她送勝雄去車站。

「在外好好照顧自己！」她對勝雄細聲叮嚀著。

「我知道！」勝雄牽著她的手：「妳一定要等我！」

「要不是妹妹要唸書，而且家裡也欠人錢，不然我會跟你去臺北的。」他們在月臺上慢慢來回走著。

「妳等著我回來！」勝雄摟著她的腰。

人家來相親，她不答應，固然是自覺自己長得不出眾，另一個原因是心中依然想著勝雄。見過勝雄之後，回家，她把父親放在牆角那瓶未用完的農藥喝了。幸虧發現得早，沒有鬧出人命。

「秋月！萬一出事，妳叫我的臉往哪裡擺？」父親咆哮著。

「都要訂婚了，還這個樣子！」母親也在一旁數落：「不怕別人笑？」

「這門親事可是妳自己答應的，我們都沒逼妳！」父親生氣地抖手中的菸灰。

「我並沒有怪你們。」她的淚水落著。

「那妳喝農藥做什麼？」母親咄咄逼人。

她沒回答，只讓淚成串落著。

她一直想建立夫妻間的感情，如果他們是相剋的一對，那麼當初剛結婚時，怎麼會那麼恩愛？她始終在努力著在他們之間建座橋樑，但是，丈夫卻處處看她不順眼，

當丈夫喝得醉醺醺回來時，她連忙去扶他，並為他準備洗澡水，同時勸他別喝壞了身子。丈夫回報的卻是結結實實的一個巴掌：「痟查某！囉嗦個什麼？娶到妳這種某，真是前世人拚破別人的金斗甕。」

「酒喝多了，對身體不好！」她仍苦勸丈夫：「我們該積些錢，不能老是喝酒。」

「妳是說我窮？說我不會賺錢？」丈夫咆哮著：「那妳怎麼不多嫁些來呢？」

「你怎麼說這種話？是你們去求親的，又說不要我們的嫁妝。」

「哼！如果我早知道妳有意中人，我就不會娶妳！」丈夫轉移話題：「我！有夠衰！一筆聘金那麼多，卻娶來一個早有愛人的。」

「你──怎麼說這種話！」

「不喜歡聽？」丈夫睜著昏醉的雙眼，得意地看她。

「你──」她幾乎要氣炸了。

「勝雄機車行那個林勝雄，妳以為我不知道？」丈夫把腳伸到茶几上，狠狠吸著菸。

「誰告訴你的？」

「鴨蛋卡密都有孔，瞞得了別人，卻瞞不了我！」丈夫得意咧著嘴苦笑。

「那是以前的事了！」

「當然是以前的事，如果是現在，我豈不戴了綠帽子，當烏龜了？」丈夫指著她：「妳難道不懷念他？」

「你——有天良沒？說這種話！」

「很刺耳是嗎？」丈夫笑了：「我就知道妳聽不進去，但我偏要說，不然，就離婚算了，我田仔不驚娶無某，天底下查某多的是！」

嫁到這種丈夫，她還有什麼話好說？

回娘家，她都偷偷摸摸的，怕見到熟人，熱情的村人總要關心她和丈夫的近況。丈夫對她不好的事，村人都知道。由於她是村人稱頌的好女孩，對她也就特別地關心。看見村人同情的眼光以及關懷的話語，她不聽話的眼淚總是猛落著。

「那麼乖巧的女孩，怎會嫁那種尪？真是歹命！」

「可能是命中註定啦，不然怎麼落到這種地步？」

背後，她聽到村人為她如此慨嘆著，為此，她很怕遇見他們。

「要不是阿爸愛面子，堅持妳既然答應跟人訂婚，就非嫁他不行，妳就不會有今天了。」

每次回家，父親總是歉意深深地說。

「查某人菜籽命，怨得了誰？」她反倒安慰父親了。

「如果嫁給勝雄，那多好！他現在開機車店，娶個好溫柔的太太，對他太太痛命命！」父親不勝唏噓：「都是阮秋月沒福氣！」

「過去的事別提了！」

「命啦！」又是一聲長嘆……「都是命啦！」

她只能把淚水往肚裡吞。

一直不相信那會是事實，丈夫居然會回心轉意。

那晚，丈夫又去喝酒，喝得醉醺醺的，歪歪斜斜騎車經過公園時，一時內急，不管三七二十一，竟在欄柵旁停車小解，剛好有幾個女孩子走過，誤會是調戲她們。叫來幾個小癟三，把他狠狠揍了一頓，最後鬧到警察局去。

「姊姊！應當去保姊夫出來呀！」妹妹告訴她。

「就讓他去坐坐牢吧！路旁屍！他根本不把我當某囝看待！」她回答得很冷淡。

「好歹總是自己的丈夫呀！」

「丈夫？」她冷笑。

「先保姊夫出來再說吧！這不是意氣用事的時候！」

說不過妹妹，她終於請民意代表出面說情，花了一些錢，雙方和解了事。

從警察局回來之後，丈夫對她的態度竟是一百八十度的改變。對她好得很，也不再喝酒，下班就回家幫她照顧小孩，有時也幫她上市場買菜。

「我覺得這種日子過得很幸福！」

「以前都是我不好！」丈夫歉然地說。

「快別這麼說！」依偎在丈夫胸膛。

「妳不要再去工廠做工了。」

「只要你對我好。我什麼苦都能吃！」她仰臉看著丈夫：「趁年輕多賺些錢。」

「在家好好照顧孩子，我們再生個男的好嗎？」丈夫說：「我的薪水夠一家人用的。」

丈夫撫弄著她的頭髮，她點頭滿足笑了。

幸福的日子，總是那麼短暫。

以前因憋不住而咒他的話，都還沒從耳邊消失，她的幸福又被攆走了。

——夭壽亡！運河沒蓋蓋，也不去跳！

——死沒人哭的，若死，我絕對不為你流半滴眼淚！

可是，他真正從她身邊離去時，她卻哭得死去活來，眼淚如決堤的河水。

她走進房間，在窗邊的梳粧臺坐著。

用手摸摸隆起的腹部，淚水在眼眶中滾動。阿田早就把孩子的名字取好了。可是他已無法見到期待中的孩子的面。

「唉——」一聲低得只有她自己能聽到的長長的嘆息之後，淚水成串滾落。

若不是這段日子積蓄了一些錢，她真的不懂得日子該怎麼過。孩子生下之後，就該再去打工賺錢了。

「日子總是要過的。」她喃喃自語，攏了攏如飛蓬般的頭髮，已好久沒梳理了。

「要媽媽抱！要媽媽抱！」二歲大的男孩不知什麼時候來到她身邊。

「弟弟最不乖，最愛吵媽媽！」四歲大的女孩說著弟弟：「玲玲最乖，玲玲都不吵媽媽，對不對？媽媽！」

「對！玲玲最乖！」她點點頭，抱起男孩。

一陣風吹入，窗帘隨之飄捲，她感覺出微微的涼意，畢竟秋風已有了幾分蕭瑟。

瞥及鏡中的自己，原本豐盈的臉，竟變得清癯，而且清瘦了。

——刊於《統一企業月刊》第九卷第四期　一九八二年八月

今晚有月亮

晴芳剛起床，緊瞇著雙眼，她極力想趕走睡意，於是坐在梳粧鏡前，無力地梳著梳著，卻沒把她零亂的長髮，整理得更整齊。

突然一道陽光透過她朝西的窗子，從百葉窗篩了進來，落在她尚未折疊的被上，一條一條規則性間隔的影子，好像一張梯子，以前她爬到樹上採果子的梯子，看著梯子，她無力地搖搖頭，想起一首叫「流浪人」的詩，記不清全首詩，也記不清作者是誰。

——明天當第一扇百葉窗

將太陽拉成一把梯子

他不知該往上走還是往下走

於是她陷入無端的思緒中。

——嘀鈴！嘀鈴！

電話把她從回憶中喊醒，伸手拿起聽筒。

——是晴芳？剛睡醒？今天來不來上班？

聽筒傳來的是王領班的父兄般的聲音。這些日子來，若不是王領班的處處護衛著她，恐怕她不是現在的她了，說不定墮落得連自己都不認識自己了。

——去，當然去，有沒有特別的事情？

——特別的事情是沒有，只是怕妳睡過了頭，忘了上班，妳不是有幾天忘了上班而又沒請假的紀錄？再這樣下去的話，老板會說話的。

——謝謝您，王大哥！

王領班對她那麼照顧，為了感謝他，她慣常以大哥來稱呼他。

——好，再見了！

——再見！

放下聽筒，她猛然站了起來，迅速地整容化妝，再不快點的話，恐怕趕不上上班時間，到時要挨老板的白眼，先拿了人家的款，就是這點不好，要不然想幹就幹，不幹就不幹，儘可不必看老板的臉色。

× × ×

衝入舞廳，王領班在門口笑迎著她。

——趕快進去，有個客人等妳呢！

——是。

腦子裏頓時浮起一個男人的臉，她確信，一定是他。想到這裏，她已經看見他了，是他，沒錯，正吞吐著煙霧，一臉焦急無奈狀。

——對不起，剛剛來了個朋友，聊著聊著忘了時間，所以來遲了。

晴芳把手提包放在桌上撒謊著。

——沒關係，沒關係。

客人捏息了菸，堆著笑容說，原本就胖的臉，這時更胖了，鼓鼓的，像兩塊肉球。

晴芳正要坐下，男人站了起來，拉著她的手說：「來，先來跳一條舞，是探戈呢！」

——等一下好嗎？讓我喘口氣。

——好吧，下條舞才跳。

男人的臉起先很難看，有點近乎扭曲，卻馬上又堆起僵硬的微笑來，使人一看就知道那是硬擠出來的，說有多矯揉造作，就有多矯揉造作。

——夫人好嗎？

看著他，她有點想不通，為什麼男人喜歡到這種場所來？難道家一點都不值得他留戀？泡在這種場所，他為的是什麼？以金錢獲取風月場所的女人的心？或是藉以顯出所謂的「男人的自尊」？

看著他那張像育乳時期嬰兒的臉，她想起了父親那張瘦削的臉，有點不解，同是人，為什麼他這麼胖，而父親卻那麼瘦？難道這是上天不公，給了人不同的命運？給了父親勞碌的命，而給他卻是享福的命，給他泡舞廳的命。

想到命運，她不願再想下去了。時常，她告訴自己，不要再想她多舛的命運了，可是，偏要不想，卻偏偏想了起來，而且是無時無刻不在想，只要是沒事做的時候。就像現在，她又想起了十五年前，父親去世的那一幕。

那時候，她大概八歲吧。一連好幾天下著豪雨，父親和母親都沒下田，他們烤著花生吃，也炸了甘薯。

——我去巡田，下了這麼久的雨，田埂恐怕會崩掉，我去看看有沒有漏水，漏水的老鼠洞跟它補補，就不會崩掉了。

父親邊穿簑衣，邊戴笠帽說。

——阿爸，我和你一起去。

——不行，外面雨大，淋濕了會感冒，跟阿母在家。

——阿爸，你要快點回來喔。

——阿爸轉個一圈，沒有老鼠洞的話，很快就會回來。

她倚著柴扉，望著父親離去的背景，直到父親消失在小徑的轉角，她才回到母親旁，幫她編斗笠。

父親沒出去多久，打了個好大雷，把她嚇得直往母親懷裏鑽。從母親懷裏爬出後，還沒編完一頂斗笠，就聽遠處有嘈雜的人聲。

——阿來嫂，阿來嫂！阿來伯給雷公打死了。

阿坤叔氣喘吁吁從屋外衝進來。

母親像發了瘋，拋下手中正在編的斗笠，衝了出去，抱著父親的軀體，嚎哭了起來。父親被抬進廳裏，放在長板凳上，她連叫幾聲「阿爸」，父親都沒應她，她看見父親整個身子都焦黑了，嚇得拉著母親的衣角，跟母親一起哭著。

料理好父親的喪事後，家裏就沒剩餘的財產了，除了一棟房屋之外，原本清淡的生活變得更加清淡了，而且還有點蕭條，日子是靠母親打零工渡過的。

初中畢業後，她不想母親再這麼操勞下去，到城裏找個工作，母女就相依為命起來，日子雖不豪華，卻也過得去。

——來，這曲是勃魯斯，我們下場吧。

她沒應他，她沒聽見，雖然她始終看著他。

——想什麼？來，跳舞吧！

他把手按在她的肩上說。

她眨了眨眼，回到充滿音樂聲的現實。

被他摟著，她感到很難受，不是那股難聞的菸味，這個她早已習慣了，而是，他那挺得像水牛的肚子。臉離得好遠，肚子卻早就接觸到她的身子了。

——今晚請妳吃宵夜，怎麼樣？

他堆著笑容說，把臉湊近她的耳邊，肚子頂著她的身子，小聲地徵求她的意見。

她甩了一下頭髮，把他推得遠點，沒有回答他，做出一付考慮的樣子。

她最怕客人跟她說這句話，推辭，怕客人誤會說假正經；答應，卻又怕上了客的陷阱。她就是遇到這兩種情形，所以再遇到這些情形，她都假裝沒聽見而擺脫。記得第一次有個客人對她這麼說，她回他說沒空，結果當場把客人氣跑了，還罵她說什麼假正經、假聖女。

印象中最深刻的，就是那次答應一位姓吳的某公司的總經理去吃宵夜。當晚，本來滴酒不沾的她，竟喝了一大杯，醉後吵著要姓吳的送她回家，想不到姓吳的竟把她載向不同的方向，她想喊卻又喊不出口，被她挾持到旅社裏，她想反抗，卻沒力量，於是騙他先去放水，藉著機會踉蹌地跑出來，支持不住，倚著電線桿睡著了，結果被巡邏的警員叫醒，用車子送她回家。真險，差點就被佔有了。

二次教訓，讓她不得不變得圓滑點，不是假裝沒聽見，就撒嬌說有一點小事不能去，向對方保證下次一定去。

——晚上帶妳吃宵夜，好嗎？

客人又問了一次。

——下次好嗎？今晚真的有事。

——我看不要延了，就今天吧，嗯？

她沒遇見這麼厚臉皮的客人，平常，她這麼婉轉的回答，只要一兩次，客人就知難而退了。這個客人就不同了，打從認識她以來，一直要帶她吃宵夜去，怕已說了上千次了，有時還當著王領班的面這麼說，還好，王領班是站在她這邊，幫她說話，要不然早就拒絕不了，被帶吃宵夜去了，當然並非每個客人都像以前那個姓吳的，不過，不能不防呀！

一曲舞罷，客人說要打個電話，叫她先坐一會兒。她朝左邊看，有個年輕人盯著她看，她馬上把眼光移開，一樁往事隨之憶起。

——我想和妳結婚，妳答應嗎？

才和她跳過三次舞的男孩，突然對她這麼說。

——你這是衝動的行為，沒經過大腦的考慮。

——我考慮了二個晚上，誰說我沒有考慮？

——妳沒聽過，風月場所的女人要的是錢，而不是情或愛？這裏的女人的愛是廉價的，只要有錢，她就販賣。

——話是這麼說，我感覺妳是出於污泥的蓮花，妳和她們不同，我看得出來。

——就算我答應你，娶個舞女當老婆，你能忍受世俗眼光的指責？

——我能，我一定能。

——快別說傻話了，以後你就會知道你這是沒理智的行為。你不要再來這裏，這裏不適合於你，這裏不屬於年輕人。

年輕人有幾次再來找她，她都藉故躲著他，他也就沒再來了。差不多隔了兩年，他又來了，這次不是穿牛仔褲、牛仔衣，而是西裝革履，也把頭髮梳得油光光的，一來到舞廳就急著看她，並對她說，他已經當了某公司的董事，特地來感謝她。這是她的欣慰，在這裏居然挽救了一個年輕人，讓他及時懸崖勒馬。

她把眼睛轉向舞池，新近才下海的唐倩正以幽怨的眼神看著她。唐倩來和老板接洽時，她剛好在旁，她把唐倩拉到一邊，講了自己的遭遇，但並沒阻止唐倩的意志，因為唐倩和她當時的處境一樣，都是被錢逼得走頭無路。

五年前，因為母親積勞成疾進了醫院，需要一筆龐大的醫藥費，不得已，她就瞞著母親幹起這種賣笑不賣身的工作，過著與常人作息相反的夜生活。先前一兩年，受不慣男人的氣，覺得度日如年，後來漸漸習慣了，對於那些也就不感覺什麼了，日子也就過得特別快，算是麻痺了。

——王大哥，下班了，再見！

有個習慣，下班回家，她總是和王領班打個招呼。

——喔！妳等一下，我有件事情和妳商量商量。

——什麼事？

——妳等一等，這個忙完再告訴妳。

她坐在椅子上等王領班，看著一對對相擁出場的男女，她想起今天早上去看母親的病時，醫生說再過幾天就可以出院了，她聽了高興極了，忙著把這個消息告訴母親，母親流著淚說：「晴芳，這些年苦了妳，雖然我的病好了，卻耽誤了妳的青春。有沒有男朋友了？」她搖搖頭，母親說出院後要為她物色一個忠厚老實的丈夫。

——來，咱們去吃個宵夜，我有話要跟妳講。

——什麼話？站著講就好了，不必勞你破費。

——走，不要說了。

她跟著王領班走到一家館子，菜還沒來，她就急著問王領班是什麼事。

——妳知不知道妳的合同再一個禮拜就滿了？

——真的嗎？我倒忘了。

她有說不出的欣喜，因為她就要出頭天了。

——老板要我問妳想不想再留下來，他說妳的人緣很好。不過，我知道這個不必問，妳一定不會留下的，早一點脫離苦海，就早一日見光明。這裡不是妳久居之所。

——是的，王大哥，感謝您五年來的照顧。

——說哪裏話？這是應該的。

走出餐館，跟王領班道別後，她想就走路回去。想著就要脫離苦海，想著母親就要出院，她長長的嘆了口氣，仰起頭，驚喜叫喊了出來：「今天晚上有月亮！」

好久好久，她沒看見這麼圓的月亮了。

——刊於《中國晚報》春秋閣副刊　一九七六年六月十九日

浴海重逢

炙熱的夏天，城市裏的屋子悶得像蒸籠，簡直叫人透不過氣來。

張杰和吳俊把電風扇的轉鈕轉在「1」上，雖然電扇已竭力吼叫著，但仍驅逐不了寢室的熱氣。兩個人光著上身，汗還是像黏在玻璃上的水滴，一滴一滴，然後形成連續的珠串滾落，連身上僅存的內褲都濕了。

「這種鬼天氣，真叫人難挨！」張杰用一條簡直可以擰出水來的毛巾邊擦著背，邊牢騷著。

「喂！吳俊，別踱了好嗎？快想個辦法，踱，踱，總不是法子呀！」吳俊愈踱愈急，張杰感覺更熱了起來。

「除了裝冷氣機外，還有什麼辦法？」吳俊一付莫可奈何狀。

他們這種單身宿舍是低矮的平房，四周被高聳的公寓給圍住了，半絲風都透不過來，尤其是悶熱的夏天。

「有了！張杰，咱們洗澡去。」吳俊的眼光停在壁上那幾張美女出浴的壁畫上，約一分鐘光景後，像發現新大陸地說。

「洗澡！連剛才那次，已是第三次了，你到底要洗幾次？」起先張杰沒聽懂吳俊的語意，不禁嘀咕著，隨後才恍然大悟地說：「你是說什麼『土耳其浴』、『蒸氣浴』……之類的玩意兒？」

「嗯。」

「聽說這種場所都牽涉上了色情，我不去！」張杰一向是個正直的人，他知道這場所已不純為洗澡所設的了，所以吳俊一提，他馬上反對。

「如果你不想順便解決一下，那你就純洗澡吧。你洗你的『三溫暖』，我洗我的『土耳其浴』，就算是人生一種體驗吧，如何？」

「難道說現在還有以前上海、南京、北平那種純為享受而設的澡堂？」一聽到「三溫暖」，張杰倒有點懷念，真想再一體其滋味，可是每天社會版上的新聞，讓他懷疑是吳俊騙他的，想牽他下海。

「喂，不要把社會看得這麼扁好吧？三溫暖不就是由男服務員替顧客洗澡，完全淋浴後，還可躺在浴床上睡他一覺，或沏壺茶、嗑嗑瓜子、剝剝花生；如果肚子餓了，或想吃點什麼，只要顧客一開口馬上就會送來的玩意兒？」吳俊老馬識途地說。

「對，對！以前在上海我曾洗過幾次的三溫暖，那真是享受，一天的疲勞完全在擦背和捏腳中消除了。臺灣還有這種玩意兒？」說著說著，張杰感覺自己彷彿又置身在那熱騰騰的澡堂裏。雖然有去意，卻仍不敢冒險，恐怕到時候吳俊真的作弄了他，下不了臺。

「俗話說：『一顆老鼠屎，弄壞一鍋粥』，只是一些只求目的不擇手段的商人，把原本純樸的澡堂，硬拉上一些色情，才使人忘了真正的澡堂。」吳俊再度鼓吹著。

「好吧！好久沒過這種癮了，咱們走吧！」說著，邊走向衣櫥。

兩人穿好衣服便出門了。來到公車站，剛好來了十號車，來不及買票便擠上了。

臺中，這個文化城在經濟繁榮的情形下，商店的霓虹燈把它映成如同白晝。街上，穿梭著行人。

他們在三民路口下了車，順著中正路往北走。

「我們去哪裏？」張杰問。

「興中街。」

一路上，他們閒談著，雖然兩人是住同一個寢室，卻有說不完的話。

「不，停！興中街這個場所不適合。」走到一半，吳俊像想到什麼似的，突然喚住張杰。

「為什麼？」

「這個地方不適合你，也不適合我。聽說這個地方是純粹的發洩，沒有情調可言，草草地在一張寬一兩尺的凳子上就解決起來，不夠味道。」

「你消息夠靈通。」張杰意有所指。

「別亂想了，還不是老林告訴我的。」

他們又轉向往火車站的方向直走。路過中正和自由路的交叉口時，洶湧的人潮熙熙攘攘擠向遠東百貨公司，少女白滑的大腿擺在迷你裙下，吳俊看呆了，索性就站在路旁，閱起兵來。

「喂，吳俊！我們到底去哪裏？出來老半天了，快想個去處呀！」張杰有點不耐煩起來。

「不要吵，我在想哪一個地方適合你，又適合我！」嘴裏這麼說，眼睛卻仍緊盯著女孩的大腿猛瞧。

「好，不吵，不吵。」

「對了，到中華路去，那裏我曾跟老林去過三四次，第一次我不敢上場，老林就央求老板娘讓我純洗澡。」吳俊猛然想起，拍著手說。

他們隨即順著自由路往東走，然後拐向公園路，直趨中華路。

已經十點了，中華路上的人潮仍洶湧著。拍賣的攤子擠滿了喊價的人，而主人由二百元、一百五、一百，一直降到五十，仍沒人問津，群眾似乎是想：既然可由二百元落價到五十元，應可以免費贈送吧？說不定還會包個紅色，倒貼幾塊錢給人呢！

有相鄰的兩個攤位，同時賣著木瓜牛乳，一家的招牌是「木瓜牛乳大王」，另一家抱著輸人不輸陣的心理，不甘示弱地寫著「木瓜牛乳霸王」，吳俊和張杰看後，不禁相視而笑。

「先生，好久沒看到你了。要冰紅茶，還是香片？」走著走著，他們拐入一間旅社，一進門，小妹殷勤地招呼著。

「冰紅茶？」吳俊回頭看了身後的張杰問。

張杰點點頭表示沒意見。

「請問二位是『濕洗』，還是『乾洗』？」有位半老徐娘分別遞給他們一條冰毛巾。

「什麼是濕洗、乾洗？」吳俊還沒回答，張杰拉著衣角問他。

「嘿！先生，濕洗是洗了澡再乾洗。」拉皮條的半老徐娘解釋著。

「什麼是乾洗？」張杰經過半老徐娘的解釋，更加不解。

「噯呀！先生，別水仙不開花——裝蒜了。」徐娘以為張杰明知故問。

「不要問了，會鬧笑話的。乾洗就是光解決不洗澡。」吳俊低聲向張杰說。

「沒有『三溫暖』？」張杰低聲反問吳俊。

「有是有，不過，他們不喜歡做，我跟她攀個關係看看。」吳俊並沒有十成的把握。

「歐巴桑，我這個朋友不習慣乾洗、濕洗，他想來個純洗澡，可以嗎？」

「這……」徐娘面有難色。

「歐巴桑，看在我面上，行個方便吧！」

「好吧，就看在你的面上吧，說實在的，這種生意不但錢少，而且男服務員不喜歡做。」徐娘一付委屈狀。

談妥之後，張杰便被帶入浴室，由男服務員為他揉背捏腳。沐浴完後，他順便在浴床上嗑起瓜子來，吩咐小妹，吳俊一出來就叫他一聲。

吳俊則隨著歐巴桑，進入一條小小弄堂，轉彎抹角的進入一戶人家，經過敲門之後，開門的是一位歐巴桑。

她們嘀咕一陣子之後，帶著吳俊側身進入房裏，裏面的空氣實在難忍，整個通道充塞著熱騰騰的蒸氣。

一間間浴室並排著，經過關著而沒有水聲的房間，吳俊總對著門，神秘一笑，他能猜想出那種殺得難分難解的局面。

吳俊被領到一間標號「7」的房間，歐巴桑向他使個眼色，便離開了。

「7，Lucky Seven！哇，今天可能遇上個如花似玉的浴女。」邊自言自語，邊用手敲門。

果然，門開處，映入眼簾的是一位亭亭玉立的少女。

「請進，先生！」是銀鈴般的聲音。

吳俊為眼前這個少女所迷惑了，一味地上下打量她，竟忘了跨進門。

「請進，先生！」又是銀鈴般的聲音。

「喔！」吳俊由夢幻中醒來，不好意思地走入房裏，浴女將門輕輕反鎖上。

房間佈置得很有情調，黑白相間的磁磚地板，配上淡粉紅色的天花板和淺藍色的牆壁，給人一種舒服感。牆壁上貼滿裸女的圖片，頗具挑逗意味。整個房間除了一個設備新穎的浴池之外，還擺著一張雙人用彈簧床。

房間是套房，比起興中街那種「殺豬」式的寬凳子，情調好多了。看後，吳俊滿意地點點頭。

「先生，請寬衣解帶。」吳俊還沒看完房間的佈置，浴女已一絲不掛地站在面前。

「這……」在一百燭光的日光燈映照下，雖不算浴場老將，至少也有多次的紀錄的他，臉竟出奇地紅，全然不知所措起來。

浴女似乎看出了吳俊的尷尬，馬上把日光燈給熄了，剩下閃爍不停的聖誕燈。雖然仍可看到對方，至少隔著一層朦朧，不會那麼不好意思。

「先生，你好像不常來這種場所吧？」濕洗就在浴女的這句話拉開了。

「小姐怎麼知道？」

「看你那尷尬樣，就知道了！」浴女憑她接客的經驗，肯定地說。

吳俊笑笑沒答。

過了一陣子，他們兩個又再度談了起來。

「小姐，我想冒昧問妳一句話，請妳不要生氣。」擦背的時候，吳俊問。

「說吧！沒關係」

「妳為什麼要幹這種在一般人心中認為下賤的職業？」

「你也這麼認為？」

「我也不想欺騙妳，說真的，我真的這麼認為。我總認為妳們是男人發洩的工具。」

「這又有什麼辦法呢？反正命中註定我要走這條路，我也反抗不了。」

「難道妳也有難言之隱？可以說來聽聽？」

「不要說了，這種場合說它不是太殺風景了嗎？」

「妳沒有改業的打算？」

「想是想，只是身不由己。」

說到這裏，吳俊可以約略地猜出其原由了，為了不破壞氣氛，他也沒再追問下去，只找些輕鬆的話題談。

濕洗完後，當然是賣肉買肉的交易行為。

浴女早已平躺在床上，閉著眼睛，準備接受一場殺聲震天的戰鬥。

吳俊看了浴女一眼之後，正準備撲上去時，驀然，他看見浴女的肚臍的上方有個豆大的黑痣，頓時他呆立在那裏，盯著黑痣，目不轉睛。

浴女以為吳俊會撲上來，沒想到等了老半天，卻未見動靜，於是睜開眼睛來看，卻被吳俊的舉動嚇著了。

「喂，先生，你這是幹什麼？」浴女坐了起來。

「喔！沒什麼，沒什麼！」吳俊眨了眨眼，一付尷尬樣。

吳俊一直死盯著浴女的臉龐看，看得浴女嬌羞得低下頭，隨後他又搖搖頭。

「小姐，可以冒昧請問妳姓啥？」吳俊突然冒出這句話。

「有這種必要嗎？」

「如果你不介意的話，我真的很想知道。」

「我們這是逢場作戲，交易完後就不認識了，何必一定要知道姓什麼？」

「妳這麼說是沒錯，不過，我想探知一件事情。」

「一件事情！什麼事情？」

「只要妳告訴我妳的姓，我也把真正原因告訴妳！」

「姓吳，什麼事？」

「吳！妳真的姓吳？妳沒騙我吧？」

「沒有呀！我真的姓吳。告訴我，先生，你幹麼這麼激動？告訴我是什原因？」

「那妳的芳名是什麼？」吳俊盯著她的臉猛看，似乎想從她臉上看出什麼似的。

「先生，我想沒有告訴你的必要。來，做我們的交易吧！等下我還要接客人。」

「小姐的芳名真的不能奉告？」

「我想沒有這種必要！」

「妳的乳名是不是小茜？」

「你怎麼知……。不，不是！我沒有乳名。」

「妳真的不告訴我？」說著，吳俊便穿起衣服來。

「先生，我們還有一筆交易呢！」浴女故意轉移話題。

「不了，既然妳不告訴我，我也沒什麼興趣了。」

「不後悔？」

「不後悔。多少錢？」吳俊伸入口袋掏錢。

「四百圓！」反正上這種場所是心甘情願的，而且又是真不二價，浴女也就名正言順地說。

「錢在這裏，二十元小費。」吳俊用手指蘸了蘸舌頭，數了四張百元大鈔，連帶兩張十元的，遞給浴女。

「謝謝！」浴女接過錢後，遞上一支長壽菸，並為他點上火。

走出房間時，吳俊從頭到腳再打量了一次浴女。

「有閒再來！」歐巴桑將他帶出弄堂，笑咪咪地給他一個九十度的鞠躬禮。

找到張杰後，兩人並肩踏出浴室。

「張杰，舒服？花了多少？」

「五十大洋，舒服極了，你？」

「四百兩。」

一路上張杰輕鬆地吹著口哨，經過一場溫暖的澡浴之後，似乎全抖落了他一天的疲倦。而，吳俊卻一直為今晚所遇到的事情不解，走起路來意態闌珊。

回到寢室裏，躺在床上，吳俊一晚翻來覆去睡不著，一直想著浴女肚臍上方的那顆黑痣。那顆黑痣長的地方，和他失落在大陸的女兒的那顆黑痣一模一樣，也是在肚臍上方，他會不會是他的女兒小茜？

那晚一直失眠到天亮，匆忙吃了早餐便上班去了。上班當兒，他一直揣摩浴女的面容，希望能找出小茜的影子，可是仍然一無所得。

「喂，老吳，我看你今天神經兮兮的，是不是昨晚洗澡被浴女迷住了？」吃午飯的時候，張杰坐在吳俊旁邊問他。

「沒什麼，沒什麼！」

「真的沒什麼？看你魂不守舍的！」

「不要疑神疑鬼了，真的沒什麼。」

嘴裏說的是沒什麼，可是腦海裏仍是浴女的影子，眼裏出現的是浴女肚臍上方那顆豆大的黑痣。

黑痣在他眼裏一直擴大擴大，然後消失，接著又擴大擴大，然後消失，整天，那顆黑痣就在他的眼裏擴大又消失，消失又擴大。

下了班後，他坐立難安，來回在房裏踱圈子。踱到牆角站一下，轉身又踱回來，一來一返，踱個沒停。

「喂，老吳，你今天是不是吃錯了藥。上班時說你有問題，你說沒有；回來卻又猛踱圈子。這到底是為什麼？是不是有什麼困難？說來我聽聽，或許我能替你解決這個問題。」原本埋在桌前寫信的張杰，來到吳俊面前問。

張杰和吳俊是老朋友，都是大陸淪陷時，逃難來臺的。兩人在大陸都曾結過婚，妻子都沒來得及逃難而留在大陸，生死存亡未卜，可能是兩人同病相憐，而且又都不想再續弦，所以成了刎頸之交，有事總是相互解決，宛如親兄弟般。

「沒什麼！張杰，我真的沒什麼！」吳俊背著張杰，又踱向牆角。

「老吳，不要再瞞我了，相處這麼久了，你有心事，難道我張杰看不出來嗎？」

「真的沒什麼！」吳俊踱到牆角，索性就站在那裏，不再轉身了。

「告訴我，或許我能替你解決！」張杰走了上去，拍拍吳俊的肩膀說。

「告訴你也於事無補，不要問我！」

「好，不問！不問！」

張杰又坐回桌前，繼續他未完的信，吳俊又踱起圈子來，一往一反的，喀喀的鞋聲，敲得好響。

「張杰，我想出去一下。」說完便掩上門，走了出去。

張杰抬頭看了一眼，望著他踉蹌的背影，他不禁搖了搖頭，搞不清吳俊今天是中了什麼邪。

吳俊走到馬路上，夕陽的餘暉照得他兩眼睜不開，看看腕錶，才五點半，澡堂還沒開門，突然肚子大唱空城計，許是中午吃得太少的緣故，他走入一家麵店，想填填肚皮，也想趁機打發時間，澡堂要七點才營業。

「來，來坐！」老板親切招呼著。

麵店沒什麼人，只有一個喝得醉醺醺的，把一隻腳擱放在椅凳上的醉漢。

他選個偏僻的角落坐下，順手拈來報紙的廣告版。

「先生，好久沒看見你了，近來忙些什麼？」老板總是笑嘻嘻的。

「沒什麼，只是近來少吃麵而已。」他並沒抬頭看老板，眼睛注視著廣告，那個他所刊的廣告：找尋女兒吳芳茜。父吳俊。電話二五四八七三。

以前，有段日子他很喜歡吃麵，時常和張杰一起到這家麵攤來，不但宵夜吃麵，有時連正餐都吃麵呢！跟老板混得滿熟的，雖然彼此不知對方名姓，遇見時卻都打招呼問好。

「來個什麼？」老板仍是笑嘻嘻的。

「什錦燴麵。」他仍注視那個用黑框框住的廣告，他已經不知道刊過幾次這個廣告了，希望也記不清幻滅了多少次。

好幾次，他勸自己不用再刊廣告了，妻兒可能都沒到臺灣來，要不然早該看到廣告了，可是，他仍死不了這條心，一直保持著一絲希望，繼續刊登尋人啟事，他不怕錢花多少，只想尋得妻兒的下落。

這些年來，他時常夢見與妻子素卿和女兒小茜重圓了，高興得由夢中醒來。有時他也夢見妻兒死在共匪的槍桿下，遍身血蹟斑斑，由夢中驚嚇得滿身冷汗醒來。

「先生，來了，燴麵來了。」老板還是笑嘻嘻的。

「謝謝！生意好吧！」

「混口飯吃倒可以，說賺錢卻沒有。」

老板笑著走開了，他拿起筷子，吃起麵來。

在熱騰騰的煙霧中，他又看見妻子素卿那張美麗的臉兒朝著他笑。八年抗戰的當兒，他被徵去當兵，那時剛好新婚，為了國家，只好放下素卿捍衛社稷去了。雖然有幾次回到家裏看她，但都匆匆一晤就走了，根本沒有長談的機會。值得欣幸的是，抗戰勝利返鄉那年，素卿為他生了一個小女孩，白胖又可愛，把她取名為「芳茜」。自此，他們過著日出而作，日入而息的莊稼生活，夫妻異常恩愛，加上芳茜闖入他們的生活圈子，更增添了生活的情趣。

不幸的是，共匪趁機叛變，他又被徵召入伍。沒想到大陸竟一省一省相繼淪陷，他與素卿也就因之斷了信息，寄去的信，都沒收到回音，最後隨著部隊來到臺灣。

他非常擔心妻兒的生死，尤其是素卿在他離鄉之際肚子又懷了個孕，於是到臺灣之後，第一步就是登報找人，數十年如一日，可是至今仍半點音訊皆無。

「老板，多少？」

「二十五塊。」

「錢給你。」

「謝謝！」

走出麵店，才不過六點，便決定漫步走到中華路去，街燈已亮了，不過，天仍亮亮的，所以它並沒照明的作用。

腦海中不禁又想起臨別時，和素卿的一段話：

——素卿，真對不起妳，自從妳過門之後，我沒讓妳安享清閒的日子，太對不起妳，妳會恨我？

——怎麼會？傻仔，這怎能怪你？這應該怪日本鬼子和共產匪徒。

——我實在沒有盡到保護妳的責任！

——怎麼沒？你保衛社稷，不就是保護了我？只不過那是間接的，不是直接的。

——難得妳這麼開明。

——本來就該這樣，國家有難，男兒當持干戈衛社稷。

——我真擔心我走了後，妳的生活怎麼辦？

——不要擔心這些，八年抗戰時，我不是把我自己照顧得很好？

——我仍然不能放心。

——為什麼？

——你現在肚裏有個孩子呀！

——孩子！那沒什麼問題，我一定把它生下來，你說，我們該為孩子取個什麼名字？

——如果是男的，就取「吳傑」；如果是女的，就取「芳玲」好了。

——如果是男的，那你們父子的名字連起來就是「俊傑」了。

——好了，我也該走了，我想，我很快就會回來的，珍重再見！

——珍重再見！

「珍重再見」，有誰知道這一聲珍重再見就是永別了呢？

天暗了，路燈也顯出了它的作用，點燃了黑夜，街上行人漸漸多了起來。

有個婦人牽著一個小女孩，小女孩硬要玩具店裏的一個洋娃娃，媽媽說那個不好，要帶她去買個更漂亮的，可是她執意不肯，站著不肯走，媽媽一拉她，就哇的一聲哭了起來。

吳俊看了看這個小女孩，一陣心酸不禁擁上心頭，離家時，芳茜不就是這麼大、這麼可愛？

——來，叫爸爸！

臨別時，素卿要芳茜叫他爸爸。

——爸爸！爸爸！

——乖，小茜乖！

他把小茜抱了起來，親了親她。

——來，跟爸爸說再見。

素卿又把小茜抱了回去，搖著小茜的手，要她向爸爸揮手說再見。

——再見，爸爸！再見，爸爸！

小茜真的搖著小手，笑著跟他說再見。

——再見，小茜！再見，小茜！

他揮手向小茜說再見後，踏著大步離去，沒有回顧，他認為回顧只是徒增痛苦而已。

轉眼，二十幾年已經過去了，小茜如果嫁人該也是幾個孩子的母親了；如果還沒有嫁人，也該是個亭亭玉立的美人兒，像當年素卿一樣。

想著，想著，已經來到澡堂。猶豫了一下，他便大步踏入。

「先生，請坐！」仍是昨天那個小妹。

他點點頭，沒答。

「要杯紅茶，或是香片？」

「免了！」

「那先生要幾號房間的女孩？」

「七號！」

「七號！七號已經有顧客了！」

「有顧客了，你是今天第二個顧客，遲來一步，換個號碼，好嗎？」

「不！我只要七號。」

「那就麻煩你在這邊等等吧！」小妹指著沙發椅說。

他走向沙發椅，讓整個人被沙發椅吞噬。小妹為他端來一杯紅茶。順手拈來一張報紙，是剛才在麵店吃麵看的那份，打開尋人啟事版，他所刊的廣告冷冷地看著他。每天，他都要看好多次這個廣告，一次又一次，上床還沒闔上眼時，仍然躺在床上看，只是眼睛是注視著這個黑框框，心卻回到二十年前的回憶裏，現在，他又回到往日的漩渦裏。

「是要……」徐娘追問著，好緊張，很懷疑他是便衣警察。

「不要緊張，我沒有特殊身份。」

「那麼你是不是作家？」

「作家？妳怎麼會想到那裏去？」

「事情是這樣的，幾天前來了個自稱作家的人，他說他想寫部風月場所的小說，所以親自到這種地方來找尋題材。他要求我們這裏的浴女跟他講話，接受他的訪問，他要給我們洗澡一樣的錢。你是不是這種傻人？」

「不，我是來……」

「我知道你的意思了，不用說了。快了，馬上就輪到你。」徐娘不等他說完，插著嘴說，還帶著神秘的笑。

他沒辯解，也不想辯解。再度把眼光移向那個黑框框，這次他是一個字一個字讀，而且讀出聲來，好像這個尋人啟事不是他刊的。

「我，尋女—兒—吳—芳—茜。父，吳—俊。電—話，二—五—四—八—七—三。」

為什麼刊找尋愛女吳芳茜，而不刊找尋離散妻子的啟事，一則因恐素卿見報後，懷疑他不關心她，二十餘年都沒盡力找她；二則因女孩子較重感情，芳茜一看到這個啟事，縱使她母親反對，她也會偷偷來見他的。

是不是素卿沒及時逃出大陸？不然為什麼都沒消息？或是素卿沒看報？就是她不看報紙，

認識的人也該告訴她呀！他陷入沉思的深淵裏。

報紙廣告效力雖大，仍不很普遍，不及電視大。有次，他去電視公司要求插個尋人啟事，廣告部門告訴他，說電視不插播這種廣告。沒辦法，只得仍在報紙上刊登。

芳茜應該是找到了另一半吧？還有，我的第二個孩子是吳傑，還是芳玲？如果是吳傑，我該有了孫子吧？如果是芳玲，她該正在熱戀中吧？

來這邊觀光的觀光客愈來愈多了，各種社會階層的人都有，上至西裝革履之士，下至販夫走卒。站在客人的崗位上，他們是不同的「人」，可是，到這種場所來，他們都是獸，是來發洩獸性的。

他也會來這種場所逞逞獸慾，那是極端渴望發洩的時候。沒妻子來這裏觀光，原無可厚非，就像他，可是，那些有妻子的呢？他們該來？

一個女人靠出賣肉體來維生，雖下賤，卻是值得同情的，難道要叫一個手無縛雞之力的女人，去幹男人操作的工作？不知這些女人，當他們聽見伏在自己胸前，蹂躪、撕裂她們的男人的急促喘息聲時，做何感想？把眼淚直往肚子裏吞？或是發出征服男人的竊笑？唉，怎麼搞的？今天我想得這麼多？吳俊晃了晃腦袋。

素卿是個孤兒，他也是個孤兒，在偶然的一個會面裏，他們撒下了愛的種子。

——妳信得過我？

訂婚以前，他曾這麼問她。

——當然。

——為什麼？

——我們都是孤兒，彼此了解雙方的心境，我們渴望親情的愛，卻不能獲得，就只有以雙方的愛來相慰藉了。沒有愛撫慰的人，一但付出愛，他的愛一定是出自肺腑，一定是真純的。

——謝謝妳，素卿。

——愛是雙方的共鳴，何必說謝謝？又不是說只我付給你，你沒付給我。

——素卿，我保證會讓妳過個有愛的日子。

給素卿過個有愛的日子？想到這裏，他不禁坐直了身子，結過婚後，他給素卿愛的日子沒？有是有，卻是非常的短，短得連他都想不到。

——戰爭勝利後，我會彌補妳的。真抱歉，還沒實踐諾言，就要離開妳一段日子。

參加對日抗戰時，他愧咎地和她惜別。

——你不是說愛不要說謝謝？同樣的，愛也不要說抱歉。我期待你回來。

抗戰勝利後，他回到了家鄉和素卿，以及女兒芳茜，享受天倫之樂。沒想到，才沒多久，共產黨接踵叛亂，他又披上戰袍了。

——素卿，又要離開妳了，這次，我不知要向妳說些什麼。為了往後我們有個更安定的生活，我必須離開妳。

——我知道你這個時候的心境，不必要說什麼，就這麼離去吧！

離去，就這麼離去，就這麼一離二十多年。素卿清逸秀氣的臉龐又在腦中升起，如果她還在的話，她的臉龐會是個什麼樣子？像辦公室掃地那個老太婆？或是像放了太久的橘子的皮？不會的，不可能！素卿不會老得那麼快。他內心吶喊著。

「喂，小妹，還要等多久？」他看看錶，好快，回憶竟花去他一個鐘頭的時間，他注視那個黑框，足足有一個鐘頭。

「你是等不及？」小妹揶揄他。

「秀春妳怎麼可以對客人這麼不禮貌？」半老徐娘邊斥喝小妹，邊陪笑臉對他說：「對不起，先生！小妹不懂禮貌，請不要見怪。」

「這沒什麼，……」

「這又有什麼？反正來這裏就是要做那種事。」他還沒說，小妹又加上一句氣人的話。

「秀春，妳有完沒完？」罵完小妹，徐娘阿諛地道歉：「對不起，先生！」

「沒什麼，沒什麼。我來這裏不是要尋樂，而是想……」說到這裏，他覺得這是他自己的事，何必要讓別人知道？連忙打住。

有個風塵女郎說出幹這種工作的原因，是被一個男人蹂躪奪取貞操後遺棄，因而發誓要玩盡天下的男人，就這麼下海了，而且永遠沉淪。她太不聰明了，要報復也不該用這種虐待自己的行為，是的，她或許可得到報復的愉快，可是她付出的代價卻大大地多過她所得到的，她失去了幸福的日子。她所得到的愉快是痛苦的，痛苦的愉快並不能獲得心理上的寬慰，只是徒增痛苦而已。哦！不知七號的浴女是不是抱著這種觀念下海？從她幽怨的眼神裏，她似乎有滿腹的淒愴，但願她不是，她幽怨的眼神應該是生活的折磨。唉！叫自己不要想，偏偏又想得那麼多。吳俊用力地甩甩頭。

「喂！先生！輪到你了。」他沒聽見，徐娘提高音調再叫：「先生，輪到你了！」

「喔！」他似大夢初醒，站了起來。

「來，跟我來。」說完，徐娘就走。

他跟著徐娘，拐過幾個他熟悉的木門，來到他昨天來的那個房間前。他抬頭看了看房間的編號，不錯，是「7」號房。

伸手敲了敲門，開門的是昨天那個浴女，先是對他點頭一笑，看清楚他後，原先的笑馬上凍僵了，緊接著是一陣驚愕。

「你怎麼又來？」她把門鎖上。

「誰說我不能來？」

「來這裏是要做那種事，你不要的話，就不要來，何必花冤枉錢？」

「我這樣做，妳不是更好？不必受皮肉之苦？就可以拿到錢！」

「住嘴，我不是死要錢的人，要錢我會以相當的代價去換取。」

吳俊為了不惹起她的火氣，靜靜走到床邊，坐了下來。浴女也沒再說話，背著他站著。

忽然，他覺得這個背影好熟悉，好像是在那裏見過似的，只是一時想不起。

「哇，對了，是素卿，素卿的背影就是這樣。」吳俊拍著手掌大叫了起來，好像他旁邊沒什麼人在。

「你說什麼？」浴女轉頭過來問他，肚臍上的黑痣映入吳俊的眼中。

「我說妳的身材很像我的妻子素卿。」

說到這裏，浴女的表情急劇地變著，好像發生了重大的事情，又像逃亡的人的那種扭曲、緊張的臉。吳俊看出了他的「素卿」兩字，和她一定有關，因為上次浴女曾告訴他說她姓吳，只是不肯透露姓名而已，他把握機會，接著說：「素卿就是我的妻子，我失散二十多年的妻子。」

「她姓什麼？」

「林。」

「那，請問先生尊姓大名？」

「妳問這個幹什麼？不過，沒關係，我可以告訴妳，只要妳先告訴我妳的名字。」吳俊賣著關子。

「這不在我們的交易範圍內。」浴女強作鎮靜，但那股渴望知道的表情，並沒在臉上消失。

「雖然不在我們的交易範圍內，說了對妳也沒損失呀！」吳俊抓著了把柄，咄咄逼人。

浴女沒再答腔，低著頭，用腳姆指在地板上左右畫著，似在作最後的考慮。

「說不說？只要妳點個頭，說妳的乳名是不是小茜就好了。」

「是，我的乳名叫小茜，你問這幹麼？」

「先別問這些。妳的芳名叫吳芳茜吧？」吳俊有點按捺不住。

「嗯。」

「芳茜，小茜，我的女兒。爹找妳找得好苦！芳茜！」一個箭步衝出，緊緊地抱著她：「告訴我，小茜，妳娘？她是不是在臺灣？」

「她已經死了。」

「死了，難道這是天意？命中註定我們有夫妻名，無夫妻實？」吳俊落淚了。二十多年來他都沒落過淚，竟在父女重逢的時刻哭了。

芳茜不知怎麼來安慰傷心欲絕的父親，也忘了她是穿著三點式站在父親的面前。

「妳娘是怎麼死的？」

「憂憤過度，咯血而死的。死前他還交待我，要我找到爹，轉達她對爹的懷念。」

「妳們沒有看到我找妳們的啟事？」

「沒有。那段日子裏，我們三餐都成問題，那來的錢訂報？」

「妳們怎麼維生的？」

「靠我當女工餬口。」

「爹太對不起妳們了。」

「後來娘病得很重，沒錢就醫。為了娘的病，我只得下海了，要不然那來錢付昂貴的醫藥費？沒想到我付了這麼大的代價，竟沒法挽回娘的性命。沒多久。她就去世了。我也就一直幹這個工作到現在。想想，也將近五年了。」

「五年都沒看到我找妳的啟事？」

「看是看到了，只是我沒勇氣去見您，難道您希望有個出賣肉體為生的女兒？」說著芳茜嚶嚶啜泣起來。

「傻孩子，爹怎麼會怪妳？妳是為了醫娘的病，完全是一片孝心，爹怎麼會怪妳？」

「我也知道爹不會，只是一直提不出勇氣。」

「好了，我們回去再談，我帶妳去贖身。」

「贖身金是一筆不小的數目，爹能付得起？」

「多少？」

「二十萬。」

「可以。這些年來，爹積蓄了將近三十萬，付了贖身金，還有十萬塊可以給妳找個丈夫。」

「我不嫁了，我要服侍爹一輩子。沒人會要我這種女人了，爹你就讓我盡一份孝心吧！」

「我也不勉強妳了。好了，我們該走了。」

「我去穿衣服。」芳茜這才發現一直穿著三點式和父親說話，連忙羞紅著臉跑進浴室。

「快走呀！」吳俊催促著。

芳茜穿好衣服出來，只顧看著房內的景物，似在懷念這個五年來墮落其中的地方。

「爹，我終於重見光明了！」跨出旅社時，芳茜有說不出的愉快。

更高興的是吳俊，離別二十多年的父女，終得再見面。人家說他鄉遇故知，是人生三樂之一；他鄉遇親人，更是樂中之樂。還有一點叫他高興的是，看到女兒肚臍上的黑痣，沒嫖了她，要不然就對不起素卿了。

「芳茜，妳不是還有個弟弟或妹妹？」吳俊突然想到他離開時，素卿正懷著一個孩子。

「哦，對了，爹，我差點忘了告訴您，娘要我替她向您轉答一份歉意，就是她沒能保護孩子讓它安全降臨，在戰亂中流產了。」

「妳娘怎麼要這麼說？其實，該抱歉的是我，我沒能好好照顧她，盡到做丈夫的責任。」

「爹，您也不要自責了，您們兩個都沒錯，誰也不用對誰說抱歉。」

「唉！」吳俊長長地嘆了口氣。

「爹，雖然娘已經不在了，不過，我們一家總算團圓了，您應該笑笑才對。」

「是的，我該笑笑，因為我們團圓了。有什麼比團圓更叫人興奮，尤其是在離別二十多年之後。」吳俊笑著對芳茜說。

搭上計程車後，吳俊問：「妳娘是什麼時候死的？」

「去年的明天！本來我打算明天上墓地去看她。這樣好了，明天我們一起去，帶著團圓的喜訊。」

「好。妳還帶什麼去？」

「一束鮮花。您呢？爹。」

「妳說？」

「歉意和欣喜。」

吳俊笑了，畢竟父女是靈犀相通的。

——刊於《中國晚報》春秋閣副刊連載 一九七六年五月十七至三十日

臺南作家作品集全書目

● 第一輯

1	我們	·黃吉川 著	100.12	180元
2	莫有無——心情三印一	·白 聆 著	100.12	180元
3	英雄淚——周定邦布袋戲劇本集	·周定邦 著	100.12	240元
4	春日地圖	·陳金順 著	100.12	180元
5	葉笛及其現代詩研究	·郭倍甄 著	100.12	250元
6	府城詩篇	·林宗源 著	100.12	180元
7	走揣臺灣的記持	·藍淑貞 著	100.12	180元

● 第二輯

8	趙雲文選	·趙雲 著·陳昌明 主編	102.03	250元
9	人猿之死——林佛兒短篇小說選	·林佛兒 著	102.03	300元
10	詩歌聲裡	·胡民祥 著	102.03	250元
11	白髮記	·陳正雄 著	102.03	200元
12	南鵲是我，我是南鵲	·謝孟宗 著	102.03	200元
13	周嘯虹短篇小說選	·周嘯虹 著	102.03	200元
14	紫夢春迴雪蝶醉	·柯勃臣 著	102.03	220元
15	鹽分地帶文藝營研究	·康詠琪 著	102.03	300元

● 第三輯

16	許地山作品選	·許地山 著·陳萬益 編著	103.02	250元
17	漁父編年詩文集	·王三慶 著	103.02	250元
18	烏腳病庄	·楊青矗 著	103.02	250元
19	渡鳥——黃文博臺語詩集 1	·黃文博 著	103.02	300元
20	噍吧哖兒女	·楊寶山 著	103.02	250元
21	如果·曾經	·林娟娟 著	103.02	200元
22	對邊緣到多元中心：台語文學 ê 主體建構	·方耀乾 著	103.02	300元
23	遠方的回聲	·李昭鈴 著	103.02	200元

● 第四輯

24	臺南作家評論選集	·廖淑芳 主編	104.03	280元
25	何瑞雄詩選	·何瑞雄 著	104.03	250元
26	足跡	·李鑫益 著	104.03	220元
27	爺爺與孫子	·丘榮襄 著	104.03	220元
28	笑指白雲去來	·陳丁林 著	104.03	220元
29	網內夢外——臺語詩集	·藍淑貞 著	104.03	200元

● 第五輯

30	自己做陀螺——薛林詩選	·薛林 著·龔華 主編	105.04	300元
31	舊府城·新傳講——歷史都心文化園區傳講人之訪談札記	·蔡蕙如 著	105.04	250元

32 戰後臺灣詩史「反抗敘事」的建構	· 陳瀅州 著	105.04	350 元
33 對戲，入戲	· 陳崇民 著	105.04	250 元
● 第六輯			
34 漂泊的民族——王育德選集	· 王育德原著 · 呂美親 編譯	106.02	380 元
35 洪鐵濤文集	· 洪鐵濤原著 · 陳曉怡 編	106.02	300 元
36 袖海集	· 吳榮富 著	106.02	320 元
37 黑盒本事	· 林信宏 著	106.02	250 元
38 愛河夜遊想當年	· 許正勳 著	106.02	250 元
39 臺灣母語文學：少數文學史書寫理論	· 方耀乾 著	106.02	300 元
● 第七輯			
40 府城今昔	· 龔顯宗 著	106.12	300 元
41 臺灣鄉土傳奇 二集	· 黃勁連 編著	106.12	300 元
42 眠夢南瀛	· 陳正雄 著	106.12	250 元
43 記憶的盒子	· 周梅春 著	106.12	250 元
44 阿立祖回家	· 楊寶山 著	106.12	250 元
45 顏色	· 邱致清 著	106.12	250 元
46 築劇	· 陸昕慈 著	106.12	300 元
47 夜空恬靜一流星 台語文學評論	· 陳金順 著	106.12	300 元
● 第八輯			
48 太陽旗下的小子	· 林清文 著	108.11	380 元
49 落花時節——葉笛詩文集	· 葉笛 著 · 葉蓁蓁 葉瓊霞編	108.11	360 元
50 許達然散文集	· 許達然 著 莊永清 編	108.11	420 元
51 陳玉珠的童話花園	· 陳玉珠 著	108.11	300 元
52 和風 人隨行	· 陳志良 著	108.11	320 元
53 臺南映像	· 謝振宗 著	108.11	360 元
54 【籤詩現代版】天光雲影	· 林柏維 著	108.11	300 元
● 第九輯			
55 黃靈芝小說選（上冊）	· 黃靈芝 原著 · 阮文雅 編譯	109.11	300 元
56 黃靈芝小說選（下冊）	· 黃靈芝 原著 · 阮文雅 編譯	109.11	300 元
57 自畫像	· 劉耿一 著 · 曾雅雲 編	109.11	280 元
58 素涅集	· 吳東晟 著	109.11	350 元
59 追尋府城	· 蕭文 著	109.11	250 元
60 台江大海翁	· 黃徙 著	109.11	280 元
61 南國囡仔	· 林益彰 著	109.11	260 元
62 火種	· 吳嘉芬 著	109.11	220 元
63 臺灣地方文學獎考察——以南瀛文學獎為主要觀察對象	· 葉姿吟 著	109.11	220 元

● 第十輯

64	素朴の心	·張良澤 著	110.05	320 元
65	電波聲外文思漾——黃鑑村（青釗）文學作品暨研究集	·顧振輝	110.05	450 元
66	記持開始食餌	·柯柏榮 著	110.05	380 元
67	月落胭脂巷	·小城綾子（連鈺慧）著	110.05	320 元
68	亂世英雄傾國淚	·陳崇民 著	110.05	420 元

● 第十一輯

69	儷朋／聆月詩集	·陳進雄·吳素娥 著	110.12	200 元
70	光陰走過的南方	·辛金順 著	110.12	300 元
71	流離人生	·楊寶山 著	110.12	350 元
72	臺灣勸世四句聯—好話一牛車	·林仙化 著	110.12	300 元
73	臺南囝仔	·陳榕笙 著	110.12	250 元

● 第十二輯

74	李步雲漢詩選集	·李步雲 著·王雅儀 編	111.12	320 元
75	停雲——粟耘散文選	·粟耘 著·謝顓 編選	111.12	360 元
76	解剖一隻埃及斑蚊	·王羅蜜多 著	111.12	220 元
77	木麻黃公路	·方秋停 著	111.12	250 元
78	竊笑的憤怒鳥	·郭桂玲 著	111.12	220 元

● 第十三輯

79	拈花對天窗—龔顯榮詩集	·龔顯榮 著·李若鶯 編	112.10	250 元
80	我在；我在鹽鄉種田	·林仙龍 著	112.10	360 元
81	向文字深邃處摘星——華語文學評論集	·顏銘俊 著	112.10	300 元
82	記述府城：水交社	·蕭　文 著	112.10	280 元
83	往事一幕一幕	·許正勳 著	112.10	280 元
84	南國夢獸	·林益彰 著	112.10	360 元

● 第十四輯

85	拾遺集	·龔顯宗 著	114.08	250 元
86	每個晨讀都是簡樸的邀請	·蔡錦德 著	114.08	300 元
87	毋-捌--ê	·陳正雄 著	114.08	250 元
88	再來一杯米酒	·鄭清和 著	114.08	350 元
89	司馬遷凝目注視	·周志仁 著	114.08	300 元
90	拾萃	·陸昕慈 著	114.08	350 元

臺南作家作品集 88（第 14 輯）04　再來一杯米酒

作者　鄭清和
總監　黃雅玲
督導　林韋旭、林喬彬、方敏華
主編委員　王建國、陳昌明、廖淑芳、田運良、張俐璇
行政編輯　王世宏、李中慧、劉亦慈、鍾尚佑

社長　林宜澐
執行編輯　王威智
封面設計　黃祺芸

出版　臺南市政府文化局
永華市政中心｜708201 臺南市安平區永華路二段 6 號 13 樓｜06-2991111
新營文化中心｜730210 臺南市新營區中正路 23 號 5 樓｜06-6324453
網址｜https://culture.tainan.gov.tw/

蔚藍文化出版股份有限公司
110408 臺北市信義區基隆路 1 段 176 號 5 樓之 1｜02-22431897
臉書｜https://www.facebook.com/AZUREPUBLISH/
讀者服務信箱｜azurebks@gmail.com

總經銷　大和書報圖書股份有限公司
24890 新北市新莊市五工五路 2 號｜02-89902588
法律顧問　眾律國際法律事務所
著作權律師　范國華律師
電話｜02-27595585
網站｜www.zoomlaw.net
印刷　世和印製企業有限公司

定價　新臺幣 350 元
初版一刷　2025 年 8 月

ISBN　9786267719220（平裝）
GPN　1011400643｜臺南文學叢書 L172｜局總號 2025-813

國家圖書館出版品預行編目 (CIP) 資料

再來一杯米酒 / 鄭清和著. -- 初版. -- 臺南市 : 臺南市政府文化局 ; 臺北市 : 蔚藍文化出版股份有限公司, 2025.08
面 ;　公分. --（臺南作家作品集 ; 第 14 輯）
ISBN 978-626-7719-22-0（平裝）

863.57　　114008425